花咲ける上方武士道

上巻

司馬遼太郎

目次

花咲ける上方武士道　上巻

公家《くげ》の売られ

1

「道修町《どしょまち》の禁裡《きんり》はん」

大坂三郷では、だれでもそう呼ぶ。

後の右近衛少将藤原ノ朝臣高野則近《うこんえのしょうしょうふじわらあそんたかののりちか》が、若いころ、大坂道修町の売薬問屋小西屋総右衛門宅に寄寓をしていた当時の呼び名だ。

小西屋は、人参薬仙女円《にんじんやくせんにょえん》という丸薬《がんやく》を売っている。薬物を粉砕するための大車が店頭に露出していて、日の出から日没まで轟音をあげてはげしく旋回しており、店の容儀は道修町でも最大のひとつに数えられている。

おなじ町の中橋筋に、近江屋長兵衛店がある。いまの武田製薬の前身である。ほかに杓把子丸の福島屋吉兵衛店があり、小児薬では、西村竜虎円《りゅうこえん》店、婦人血ノ道の上田正勢《せいせい》散《さん》店、疥癬薬《かいせんやく》の小山忠兵衛店、浮田五竜円の浮田桂蔵店、それに、小西屋と同業の人参薬三臓円の吉野心斎の店などが、それぞれ金牌《きんぱい》をあげて家業をきそっている。

「禁裡はん」

玄関で下駄をぬぐ気配がした。則近は、一日のほとんどを道修町とはさまで離れない安堂寺町の小西屋の寮で暮らしている。

「どこにおいやすの」

お悠《ゆう》の声らしい。ぬれ縁を踏む軽い足音がちかづいてきて、

「まあ、おひる寝」

「ああ」

薄目をあけて、視線を中庭の緑に遊ばせながら、

「ひる寝は公家《くげ》の特権でね、公家が起きて働けば、ろくなことにならない。いつの時代にも天下に大乱がおこっている。現に幕府《あずま》がわれわれに命じているとおりだ、公家は学問諸芸に専一たるべし。ひる寝も諸芸のうちにはいっている」

「ゆうちょうな。えらいことが持ちあがってるのに」

「すこし静かにしてくれ」

「なあに?」

「梍助椿《わびすけつばき》の根もとに緋連雀《ひれんじゃく》が来ているんだ。奥州の鳥だが、冬になると上方《かみがた》へくる。まろが、いやおれがこの家へ来てもう三月にもなるわけだ」

「やっぱりお公家はんはいわはることがちがいまンな」

「やがて小西屋の養子に落ちぶれる」

「決心おしやしたか」

お悠がひざを寄せてくるのをそっと避けて、

「ただし、おまえとは寝ないよ」

「無慈悲《むげっしょ》なお人だすな」

「無慈悲なもんか。おれも大坂が商いの町とはきいていたが、女の押し売りまであるとは知らなかった」

則近は、公家衆にはめずらしい坂東顔《ばんどうがお》に苦笑をうかべて、

「しかし、いい戒めにはなったがね。おれなんぞは、いくらうぬぼれても、しょせんは町人に売られてくるだけの公家くずれだとおもった」

「なんのことだす?」

「しらばくれてはいけない。あの夜のことだ」

後の右近衛少将藤原ノ朝臣高野則近が、小西屋総右衛門との縁組みの話がきまって大坂にくだってきたのは、安政六年の九月のことだった。

下級公家と町人分限《ぶげん》との縁組みは、べつにめずらしいことではない。公家といっても官位が高いばかりで、幕府から与えられている扶持《ふち》は高野家で二百石、江戸でいえばせいぜい下級旗本《はたもと》の暮らしだろう。自然、大名との縁組みをして多少の仕送りをうけたりするのだが、仲に立つ者があって、高野家へ大坂の小西屋からはなしが持ちこまれた。

小西屋総右衛門の家系は堺から出ている。先祖に、薬屋から身を起こした秀吉の大名小西摂津守《せつつのかみ》行長があり、町人ながら家系としても出自が知れぬというほどではない。大坂の分限でも、金ができれば名誉がほしくなる。公家には金がないが、血すじというこの国では最高の資産があるわけで、

「血ィと金の取り引きや。商いとしても、どっちゃも損はない」

縁組みの走り使いをした百済《くだら》ノ門兵衛《もんべえ》という、西町奉行所の唐物同心くずれの男があとでいったそうだ。

条件は、支度金として小西屋から高野家へ一万両を贈る。これとはべつに年々五百両

を仕送ることになっており、縁組みまではとりあえず小西屋に住み、あとは当人の気持ちしだいで、もし養子に不足ならば、不縁にして京へ帰ってもいいということになっている。高野家としては極上の条件だろう。

話がもちあがったとき、父愛近《なるちか》の死後家督をついでいる兄の右近衛中将晴近《はるちか》が、相談というよりむしろ手を合わせるようにして頼んだ。家計がたすかるばかりか、位階をあげてもらう運動費にあてることもできるのである。

「いいでしょう。わたしも貧乏にはあきあきしましたからね」

則近はむぞうさにうけたが、下長者町の母方の叔父参議宗時だけは涙をこぼして則近の無謀をとめた。

「兄にはわしが話してやる。なるほど、貧乏公家の部屋住みほどあわれなものはないが、兄の寄食人《かかりうど》として暮らすのがつらければ、しばらく待つこっちゃ。公家仲間に養子の口が絶無というわけでもあるまい」

「おじさんは知っていますか」

則近は叔父の顔を小直衣《このおし》のそでふいてやりながら、

「道修町ではね、夕方になると金銀の音が路上にまで聞こえてくるそうです。一日の売りあげを、はかりではかるんですよ、かぞえるんじゃない。天秤《てんびん》でね、……こう」

則近は天秤をつまむまねをして、

「さらに金子《きんす》を積む。いいですか、一方に分銅をおく。ゆるゆるとさおをもちあげながら、ヨジレをなおすためにさおのまんなかにぶらさがった薄い金の板を木づちでたたくんです。チーンとね。なんともいえない、いい音だそうだ」

「のんき者め。そんな性根やさかい、兄に売られてしまうんじゃ」

「取り引きですよ。安公家の子が裸で一万両といえば悪いはなしじゃない」

もっとも、兄の晴近が小西屋との縁組みに乗ったのはかならずしも家計の不如意からではない。則近の悪いうわさも影響している。彼が所司代からにらまれているというのである。則近は幼いころから剣術がすきで下河原《しもかわら》に道場をもつ小田無応流の山田寛斎という老人について学び、昨年、寛斎から皆伝をうけたばかりだった。むろんそのことは幕府の公家探題《くげたんだい》である所司代の耳にはいっていた。

「皆伝まで得たのか」

所司代脇坂淡路守《あわじのかみ》が、武家伝奏の東坊城《とうぼうじょう》総長ににがりきってもらしたという。総長はそっと兄の晴近をよんで「このままでは高野家に瑕瑾《かきん》がつくかもしれませぬぞ」と半分脅迫するように忠告した。そういう時期に、大坂からの縁談《はなし》は渡りに舟であったわけだ。

2

則近が大坂にきて、小西屋の親類縁者を引きあわされた夜、総右衛門はお悠を指さして、

「メイではごわりまするが、娘分同様にして育てておりまする。奥向きは小女同様何用でもお使いだてくだされまするよう」

と引き合わせたところまでは覚えている。あとはまわってくる杯を受けつづけるうちに前後不覚になって、寝所に運ばれたことも覚えがなかった。夜中にのどがかわいて目がさめたとき、思わず、

「あッ」

と叫んではねおきた。あんどんの灯を入れるとやはりそこにいるのは女だった。お悠である。すでに敷きぶとんの上に起きあがり、白い練り絹の寝巻きのひざをそろえてす

わっていた。

「総右衛門のさしずか」

お悠は則近を見つめたまま、返事をしなかった。小さな音がして、お悠の左手首が敷きぶとんの上に落ちた。白い指のつけ根に、ひとつひとつ小さなくぼみがあって、そのくぼみが、それぞれ性根のちがった別の生きもののようにふるえている。奇妙なみものだった。見つめているうちに、背すじがうそ寒くなって、

「なぜだまっている」

と声を荒げてみたものの、肩から力がぬけていくのが自分でもわかった。忍びこんだお悠のほうが、まるで相手の不信をなじるような目を見ひらいてすわっているのである。

「だれのさしずでもいい。ここを出てもらおう」

則近は哀願するような口調になった。

「引きずり出すぞ」

「かんにんしとくれやす。わたいはあんさんの――」

「なんだ」

「ご寮人《りょん》さんにしてもらおうと思うて」

「だれがそんなことを決めた」

「だれも」

「なぶっているのか」

「このさきほっといたら、どなたがご寮人はんにきまるかわからへんよってに、自分で頼みにきました」

「妙な土地だな。女から忍ぶ風習があるのか」

「知りまへん」

「そこにすわっていられると気味がわるい。考えておくゆえ、今夜のところはまず引きとってくれまいか」

「お頼《たの》もうします」

（かってにしろ）

お悠は、すそを合わせるにもたっぷりと時間をかけながら、身じまいを直して出ていった。うしろ姿を見送ったあと、則近はふとんの上にあおむけざまにころがり、ゆっくりとまゆをよせながら、おれの皆伝の腕もたいしたもんじゃないな、としみじみ思った。

（あれが賊ならどうする。寝首をかかれても文句もいえぬじゃないか）

則近は印可《いんか》をうけるとき、師匠の寛斎が奥の一室に請《しょう》じて、妙な口伝《くでん》をあたえてくれたことを思いだした。

「四ツ足。ええか、四ツ足になる以外に剣法の奥義はない」

寛斎には一種の学説があって、夜中、針が落ちても犬は目をさます、ネコなら楼上から落とされても地上で立つ、人もまた大昔はけものとおなじ機能をもっていたというのである。剣法の真の奥義というのは、木刀の先で自分のなかにある太古の素質を掘りおこすことであり、人間の退化の大道であり、おのれを退化せしめられぬ者はいくら剣術をまなんでも、しょせんは棒ふりにすぎないというのだ。

（やっぱりおれは公家そだちにすぎないのかな。それもせいぜい一万両で売られるだけの値うちかもしれない。棒ふりでは皆伝をえたが、けものにはなれそうにないな）

中庭に日がさしはじめて、侘助椿の下の枯れごけがよくうれたぶどうの実の膚のような光沢を帯びはじめた。

「あ」

お悠が、庭をみて小さく叫んだ。侘助の根もとから緋連雀が飛びたったのである。

「なんだ、用件というのは。さっきいいかけていたようだったが」

「それがえらいことだすえ。よろず口聞屋《くちききや》の百済ノ門兵衛という浪人をごぞんじでおいやすか」

「知っているどころではない。おれの縁談《はなし》の仲立ちをした男だ」

「あの男がな」

お悠はくちびるを丸くつぼめてから、切れの長い目を見ひらいて、

「敵にまわったそうだす」

「敵？　わからんな。だれの敵だ」

「小西屋総右衛門店の。つまりおなじ人参薬を作っている吉野心斎はんのお店だす。吉野はんは三臓円、うちは仙女円。どっちゃも内科万能のお薬だす」

「商売がたきだな」

「ほんまにその競争いうたら激しいもんどすえ。どっちゃも売り子をお城下というお城下をしらめつぶしに歩かせて、いなかのお薬屋やお医者はんにお薬を置かせるいっぽう、その吹聴《ふいちょう》がまたえらいことだす」

「なんだ、その吹聴というのは」

「お薬の効能と名まえをふれ歩くことだす。お薬は吹聴ひとつで売れます。うちのおじさんは、吹聴ほどとうとい仕事はない、人の命をすくう菩薩行や、いわはります」

「その吹聴と百済ノ門兵衛とはなんのかかわりがある」

「えらあり」

「もったいぶるな」

「そんなゆうちょうなことといわはるの、門兵衛ちゅう男を存じなはれへんさかいや」

「たしか奇妙な顔をしてたな」

「うちの番頭はんたちは、馬が仁輪加《にわか》をみて笑うてるみたいな顔や、いわはります」

「いったいどういう出生《でしょう》の男だ」

「なんでも摂津渡辺党の出で、ほんとうは渡辺いわはるそうですけど、大坂の南の百済村に土地があるそうやさかい、みんな百済ノ門兵衛といいます。若いころは京橋のお奉行所に出て十石十三人扶持の唐物同心やったそうですけど、えらい才覚者《さいかくもん》でなあ」

「もういい。つまりやめて唐物問屋や薬問屋のよろず口聞きをしているわけだな。いったい、なんで食っている」

「才覚を売ったはります」

「妙な商いもあるもんだな」

則近は感心した。つい話に身を入れている自分に気づいて、どうやらおれもこのえたいの知れぬ土地が少しずつ気に入りはじめているのではないか、と思ったりもした。

3

則近が大坂の薬種問屋街に住んでいたのは、安政六年の秋から万延元年の夏にかけてわずか一年に満たなかったが、町では非常な人気だった。道を歩くとでっちなどが、とびだしてきて見送ったりする。

まげは大坂にきてから公家まげをくずして諸大夫《しょだいふ》まげに結いかえ、衣服も、当初総右衛門がとくに京で織らせた固地《かたじ》綾松唐草《あやまつからくさ》の狩衣《かりぎぬ》や直衣《のおし》を用意してくれていたのを、

「京ならばそれでいいが、大坂じゃ神主とまちがわれるだろう」

と手も通さず、蝋鞘《ろうざや》の大小、無紋の着流しといった風体で暮らした。もっとも、総右衛門はよほど公家装束に執着があるらしく、せめてまげなりとも残してお身分らしゅう

ふるもうてくだはれと平身して頼んだが、とりあったことがない。来た当初は、ふと道修町の小西屋の店頭をみると、仙女円の金看板とならんで、

「高野中将御舎弟則近様御館《おやかた》」

と打ちつけてあるのをみて驚いた。

「なんだ、これは」

　とすぐはずさせたが、日がたつにつれて、総右衛門の魂胆がわかるような気がしてきた。じつをいえば、総右衛門という老人については、最初、京の猪熊通りの高野家で総右衛門を目通りさせたときはなんとなく枯れひからびたクワイを連想したほかは別段の印象ものこらなかったのだが、大坂にきて接触が重なるにつれ、この貧相な老人の腹のなかにいったいなにがあるのか見当がつかなくなっていた。

　将来養父になるはずのこの薬分限者が、まるで奴婢のような仕えかたをしてくれるのである。土間におりようとすると、手代やでっちを押しのけて則近のぞうりをそろえようとする。朝は起きぬけるとすぐ則近の住む安堂寺町の寮へやってきて、かならずひと間へだてたしきいのそと側で平伏しながら朝のあいさつをのべるのだ。

「近う。そこでは声がきこえない」

手招くと、いよいよ恐縮して身をもみつぶすように平伏するのである。お悠がきた翌朝、あいさつにきた総右衛門に、いきなり、

「百済ノ門兵衛が三臓円のほうにまわったそうだな」

「あッ、もうお耳に」

顔をあげた総右衛門が、小さな目で探るように則近のほうをみてから、すぐ目を伏せ、

「長らくてまえがたに出入りをいたしておりましたが、あれも商いでございますゆえ、三臓円がつかませた銀子に足をすべらせたのでごわりましょう」

「一度会うてみたいと思っている」

「それは」

「都合がわるいか」

「いえいえ、なにさま卑賤の者でござわりますゆえなにを申しあげるかわかりませぬ」

「どうせ薬屋の養子になるおれだ。いろんな人間に通じておきたい。あの者の住まいはどこかな」

老人は答えなかった。

「住まいは」

と念を押すと、総右衛門はすこしむッとしたような表情で、「番頭に申しつけ、後ほど相調べまするでごわりまする」と低声で答え、そそくさとひきさがった。

4

その翌日、則近は退屈なままに寮を出て心斎橋《しんさいばし》を南へ渡ってみた。すれちがう男女がみなふりかえっていくのには慣れたが、その中で妙なささやきを耳にとめた。

「あれは仙女円の禁裡はんや」

「あ、仙女円が行かはる」

いままで気づかなかったが、だれのささやきにも仙女円の名がはいっているのである。道頓堀筋《どうとんぼりすじ》の雑踏にはいると、そのささやきはいよいよ頻繁に耳につき、則近はまるで、自分自身でさえ仙女円そのものの丸薬があるいているような錯覚におそわれた。

「こまる。これは」

総右衛門とくいの吹聴商法には相違ないのだが、わずか大坂にきて三月のあいだに、ここまで自分の顔と名まえと仙女円が普及してこようとは思いもよらなかったことだ。このぶんでは、自分が大坂の町を歩けば歩くほど、仙女円はいよいよ売れ栄えていくという算段になる。

則近はやりきれなくなって、太左衛門橋のかどを北へ逃げるように橋を渡ろうとすると、ひき潮の道頓堀川の流れの中におおぜいの男女がおりている。水面にかがみこんでは、しきりと手を動かしている動作が、上からみると小魚でもすくっているようにみえる。

「あれは何かね」

太物屋《ふとものや》の手代らしい男をよびとめた。

「あ。仙女円」

「仙女円じゃない。あれは何かときいているんだ」

「へえ、道頓堀川の目洗いだす。望《もち》の日かその翌日に道頓堀川で目さ洗うたら、一年じゅう眼病わずらわんちゅいましてな、ああしてひき潮どきに水ィはいって目さ洗います」

「あの水でな」

則近はくびをひねった。川上で下水でも流れこむのか、水はあまりきれいとはいえない。その水の中で頭から算用で割りきったようなこの町の男女がわざわざ目をあらいにくるとはふしぎな矛盾だが、金もうけに狂奔する人間ほどそういう無邪気な盲点があるのかもしれない。

女が多く、ほとんどが老人だが、ひとり武士もまじっている。黒もめん着流しのすそを思いきりからげて流れに顔をつけ、息がきれるたびに顔をあげ、何度かそれを繰りかえしているうちに、男のぬれた顔が不意に大きくひるがえって橋の上の則近のほうをみた。

「おう、百済ノ門兵衛じゃないか」

「禁裡はんでッか」

長い顔の中の奥眼がにやりと笑って、

「ちょっと待っとくれやすや。すぐそこへ行きまッさかい」

顔をふきながらあがってきた門兵衛は、ごくてみじかにあいさつをすると、橋の手すりをバシバシとたたきながら、

「どうだす。えらい繁盛やそうでごわへんか」

「なにがだ」

「仙女円だすがな。禁裡はんが来てくれはったおかげで、薬が三倍も出るという話や。小西屋は京のお公家はんから養子が来るちゅうんで、もうそれだけでえらい信用がちがう。この大坂はな、武家は大名でもあかん。大名でも鴻池《こうのいけ》、住友、天王寺屋にはかごをとめて番頭にあいさつしよるのを町の者がみている。ところがお公家はんだけは別もんや。神様と天朝はんのご巻族《けんぞく》やと思うとる。とにかく仙女円はあんさんのおかげでもうけましたな」

「そのほうの力添えだろう」

「まあな。小西屋のだんなから吹聴の手を相談されて、ほならお公家よんでくるか、ちゅうたんはわしやさかいな」

「おい、小西屋のほんとうの魂胆はおれを商売のダシにするつもりだったのか」

則近は思わず門兵衛の胸ぐらをつかみかけたが、

「まあいい。ところでおまえは、ちかごろ三臓円のほうに行っているらしいな」

「あんさんのおかげで三臓円がさびれた。これはわしもほッとけまへんさかい、あしたの舟便で長崎へ行ってきまッさ」

「なにをたくらんでいる」

「いうたら、ここが」

門兵衛は手で下あごを押えて、

「干あがりマンがな」

5

後の右近衛少将高野則近が、京の兄の急逝によって家督をつぐために大坂をひきあげたのは、万延元年八月である。

それよりふた月まえ、大坂の市中は空前の人出をみた。口碑《くひ》では、そのものが堺港で積みおろされて大坂へのぼってくる沿道に人波がとぎれなかったという。

「何が来るのかね」

則近はお悠にきいてみたが、お悠も知らなかった。

大坂じゅうが、いまなにか異様なものが、堺から大坂へのぼりつつあるといううわさで、歯の根がふるえるほどに興奮していた。

ついにそれがきた。そのものが大坂堺筋に姿をあらわしたとき、沿道の群衆は恐れと驚きとでどよめくことさえ忘れた。

そのものは馬に似て馬よりも大きく、牛に似て牛よりもゆうぜんと歩き、全身をおおう金色の毛をかがやかせながら、しかも神秘なことに、その背には巨大な二つのこぶまで用意していた。群衆はまだそのものの名を聞き伝えていなかったが、ただ、その四足獣のこぶのあいだからたれさがっている緋色の幕に染めぬかれた五つの文字を、網膜に焼きこまれるような痛覚をもって読んだ。

神薬三臓円

やがてそのものの名が「駱駝《らくだ》」という動物であり、吉野三臓円店がよろず口聞屋百済ノ門兵衛を介して長崎の清《しん》国船から買ってきたものであることが群衆の知識になってひろまりはじめたころは、そのものは口取りの手綱のままに長堀橋にまで進出していた。群衆の伝達は早い。その価格まで伝わってきたとき、金銭からうける感情に鋭敏なかれらはやっと緊張から解放されて最初のどよめき声をあげた。大枚一万二千両。後の右近衛少将則近は人波にもまれながら、——あのらくだのほうが、と彼はひとりおかしがった。

「公家よりも二千両高い」

むろん、群衆のだれもが彼を見ても、きのうまでのように、その名と商品をささやく者はいなかった。

百済《くだら》ノ門兵衛

1

「だれ——？」

お悠はふりかえった。中庭の柴折戸《しおりど》に薄日があたっている。その茂みのあたりで物のうごく気配がしたのだが、犬かもしれない。

すぐ則近《のりちか》のほうへ視線をもどして、ツとくちびるをつぼめた。

「あしびきの……」

「ふむ」

後の右近衛少将高野則近は、この日もひじまくらをついて寝ころんでいる。だれかが笑うと、公家《くげ》の怠惰なのは、千年の特権だ、というのだ。公家がうかつに起きて働くと、天下にろくなことがおこらない。史書をみろ、という。公家が昼寝をしているときは天下は昌平であり、公家が国事に走りだすとかならず争乱がおこっている、というのである。

　この日もお悠がきていた。則近のひじに触れそうなところでひざを重ねている。則近は白小そでのうえに紺の道服をかさね、からだを庭の日あたりにむけて、右手の指でさきほどから畳のふちをかいている。よほど退屈なのだろう。

「どうした、まだ出ないのか」

「山鳥の尾のしだり尾の」

「そう。下《しも》の句は」

「ながながし夜をひとりかも寝む」

「いいだろう。ではこちらもまいろう。な、だな。ながらえばまたこのごろやしのばれむ。下の句は、うしと見し世ぞ今は恋しき、だ。うだぞ」

「うゥ？　困った」

　お悠は小くびをかしげた。

　退屈しのぎに歌鎖《うたぐさり》をしているのである。たあいもない記憶あそびで、もとは京の宮廷のあそびだったのだろうが、ちかごろでは大坂の町家の奥むきにまではやりはじめていた。まずひとりが、自分のそらんじている歌を一首よみあげる。受けたひとりが、その下の句の初文字をとって、別の暗踊歌をよむ。歌は、なるべく万葉集か八代集に載っているものにかぎられ、それもだれでも知っている名歌でなければならない。

「うゥ……」

お悠は苦吟している。

(そうだ。おもいだした)

則近は、ひじまくらの位置からお悠の茶っぽいひとみのうごくのをながめながら、別のことをかんがえていた。

(あれは妙なことを申していたな。ちかぢか、人と決闘せねばならぬ、とか)

百済ノ門兵衛のことだ。

妙な男なのである。

じつは、きのう会ったのである。しかも、鴻池の茶会でだ。鴻池の邸内に曼珠院門跡《まんじゆいんもんぜき》のそれを模した茶室ができた。その釜びらきに則近もまねかれた。

これは当然なことだが、鴻池の茶会ほどになれば相客をざっと見渡しても、住友吉左衛門、炭屋彦五郎、米屋平右衛門、加島屋作兵衛、千草屋宗十郎、山家屋権兵衛、升屋平右衛門、鴻池屋伊兵衛といった、大名でさえその店先でかごをおりるという大町人ばかりが顔をならべている。

門兵衛がいた。たかが唐物同心あがりにすぎないよろず口聞屋百済ノ門兵衛が、どんな資格で招かれているのかは則近にはわからない。

門兵衛は、かつて則近にいったことがある。

「けっきょく、顔だンな」

それと、「強《こわ》モテだす」というのだ。唐物同心をしていたときにつないだ大坂財界での顔を、致仕《ちし》してからも生かし、問屋と諸藩の蔵役人との間の人間のもつれをさばいたり、問屋どうしの紛争の口きき、縁談の橋渡しから奥向きの走り使いまでするのが門兵衛の世すぎだが、致仕しているとはいえ身分は武士だから、とくに奉行所与力や城役人に贈賄《まいない》するときなどは、門兵衛を通すと驚くほど円滑にはこぶ。

だからこの門兵衛をたとえ憎んだとしても表面だってけおとすことはできない。どの店も、なにがしかずつ痛いしっぽをにぎられているからである。門兵衛が「強モテだす」というのは、そのへんのことをさすのだろう。

百済ノ門兵衛、本姓渡辺、いみなは等《ひとし》。れっきとした武士である。嵯峨天皇の子左大臣源融《みなもとのとおる》の裔、綱《つな》という者がはじめて摂津渡辺村に住み、地名を名乗りにした。嵯峨源氏の嫡流である。渡辺綱は、清和源氏の長者満仲《みつなか》の子頼光に従って大江山の賊を退治たことは有名だが、源平争乱のころも、義経に従って遠く壇ノ浦まで船を駆った者がこの渡辺党から出ている。

渡辺姓を名乗る摂津郷士のうち、大坂網島に住む渡辺家から門兵衛は出た。分家して百済村の土地をわけてもらったところから、百済ノ門兵衛といわれたが、若いころ西町奉行所の唐物同心の株を買ったがために、役所むきでは別の姓を名乗ったこともある。

唐物同心というのは十石十五人扶持の小役人で、川じりの舟着き場や伏見町の唐物問屋などに出入りし、唐物の輸入に関する監視や事務をうけもつ役目だ。要するに、血統だけではなく、その前歴からみても、百済ノ門兵衛は大坂地付きらしい武士といえるだろう。

鴻池の茶会のおりも、招かれたというよりも、日ごろ腰ぎんちゃくのようについてまわっている山家屋権兵衛あたりのうしろについて、なんとなく割りこんできたとみるほうが正しいかもしれない。長い顔を神妙にかしげながら、亭主の喜右衛門と応酬している姿は、則近にはふしぎでもあり、おかしみのある風景だった。

「これは」

門兵衛は、香合をとりあげながら、

「唐三彩《とうさんさい》でござりまッか」

と知ったかぶりをする。

「いや」

鴻池喜右衛門は、よく実ったほおに多少当惑げな微笑をうかべて、それでもいんぎんに、

「交趾《こうし》渡来でござります。太閤のころ、朱印船が舶載して帰ったものでありましょうな。もとは、せいしょう公様ご所蔵と申します」

「へえ、あの肥後の加藤清正が？」

門兵衛は不足そうな顔をした。トラ退治の清正が、茶器などを持っているのは不都合だろうといわんばかりの声音だった。

「いえ、太閤からの拝領らしゅうごわりまンな」

「ははあ、さてこそ。そう伺えば拙者にもありがたさがわかるような気がする。まことに眼福でござりました」

則近はふきだしそうになるのを、あやうくこらえた。唐三彩と南蛮物とまちがえるよ

うな目で眼福もなにもないものだが、門兵衛は則近のほうに顔をむけて、

「禁裡はんは何流でごわりまッかいな」

「わたしは藪内をすこし。おてまえは？」

「拙者は……」

「門兵衛はんは無茶流やがな」

むこうから、山家屋権兵衛が太いまゆの下の目を細めて笑った。

「そのとおり」

門兵衛はべつにうろたえもせず、両手のひらにうけた天目《てんもく》を大きな口にもちあげていき、ゆっくりとあおった。その様子をみて則近は内心舌を巻いた。むろん、あたまから作法にかなっていない。しかし、肩を落として器をむぞうさにもちあげたひじのたかさ、心もち張った胸からずっしりと落ちていく野太い線、重い上身をゆったりと受けとめている寛闊《かんかつ》なひざ、……

（この男、いつもほうかんのように座を周旋しまわっているが、本性はそうではあるまい。できている。……）

と則近は思った。こんなのを自然法爾《じねんほうに》というのだろう、作法こそ無視しているが、茶

の真髄のなかに門兵衛のすすぐろい五体は、ゆうぜんとあぐらをかいているのである。

「禁裡はん」

また門兵衛が横あいから首をのばして話しかけてきた。則近はすこしこうるさくなっていたが、

「なにかね」

低声で返事をしてやった。門兵衛はそれよりももう一段声をおとし、

「わしはな。明後日、難波の赤手拭ノ森《あかてのごい》で、ゆえあって人と果たしあうことになっている」

「なに。果たしあい？」

「こまったこッちゃが、よんどころない。短い間のつきあいやったが、わしゃあんさんが好きでな。京に帰れば貧乏とはいえ公家の公達《きんだち》で通る身を、大坂の商い場でくらしている。そのすいきょうがすきでなあ」

「冗談じゃない。おまえが連れてきたようなもんじゃないか」

「まあ、せえぜえ達者でくらしとくなはれ」

則近はべつに本気にもせず、ああ、せえぜえ達者を心がけよう、と答えておいたのだ

が、お悠と歌鎖をしているいまになって、急に気にかかりはじめたのである。

「うゥ……。思いだされへんなあ」

お悠はまだ苦吟している。

「むずかしい歌を思いだそうとするから、いけない。お悠さん、木ヘンに白という文字を知っているか」

「木ヘンに白。……かしわですやろ？」

「そうだ。では、木ヘンにきいろの黄という文字はなんだ」

「黄？……そんな木、あらへん」

「ないことはない。横だよ」

則近は笑いもせずにいった。目だけは相変わらず中庭をみている。

「それとおなじだ。記憶というものはスラリと考えると出てくるが、こみ入って考えこむと、なかなか出てこない。陳腐な歌でいいんだよ」

「あ、おもいだした。うかりける風を初瀬の山おろしはげしかれとは祈らぬものを。どう？」

「風ではない。人だ」

「人やな」

「お悠さん、ところでそこに人がいる」

「えッ」

「中庭の柴折戸のところだ。茂みにかくれている。寒いからこっちへおいでといっておやり。どうやら、百済ノ門兵衛らしい」

「門兵衛はんが？　ほならこわうないけど、相変わらずけったいなお人やな」

「ああ、けったいなお人だ。あんな所にひそんでいるのをみると、またなにか新しい魂胆を抱きこんでいるのかもしれない」

2

「いえね」

門兵衛は、植え込みの中からべつに照れもせずに出てきて、ぬれ縁に腰をおろした。

「べつにどろぼうのまねをしてたわけやないが、あんまり仲がよさそうやさかい、つい出幕をうしのうてな、名乗りぞこねた」

「うそだろう」

則近は笑って、庭のむこうの板べいをさして言った。

「さきほどまでへいの上に群れていたスズメが、一羽もいない。察するところ、へいのむこうに人がいる。どうやら門兵衛をつけているらしい。恐れてこの寮へとびこんだのか」

「ええ勘や。しかし読みは浅い」

門兵衛は、色のわるい歯ぐきをむいて気持ちよさそうに笑いながら、

「果たしあいは、あしたの卯《う》ノ上刻になっている。しかし、相手はひっこいやつでな、ここ三日ほどはわしはあとをつけられッぱなしや。まるで新町《なか》のつけ馬みたいなもんでな、逃げられるのがよっぽどこわいらしい。そこでわしは、毎度安堂寺町まで引きずってきては、この寮にそッと入りこむことにしている」

「この寮に？」

則近はおどろいた。

「相手に、ここの禁裡はんと一味やということを悟らせるためにな」

「わたしを引きずりこむ気か」

「なにごとも縁や。わしは平野の融通念仏の檀徒でッさかいな。お名号《みようごう》の縁に生涯一ぺん会いまいらせただけでも、往生極楽うたがいなしというありがたいお宗旨や。しぜん、縁をだいじにする。ことに禁裡はんとわしの縁は、一生や二生でほどける縁ではない」

「おまえは坊主までしたことがあるのか」

「坊主やない。唐物同心の株を買うまえに、一時融通念仏宗大本山大念仏寺の坊官をしたことがある」

「気味のわるいやつだ。しかしせっかくの縁だから、話に乗ってやってもいい。どうせわたしは人参薬仙女円の看板に売られてきた公家だからね、おまえのようなやつと組んでも失う名はないはずだ」

「それ、皮肉だッか」

「皮肉じゃない。仙女円の吹聴のために公家を連れてき、同業の三臓円の吹聴にラクダをつれてきたほどのおまえが、そんなに閉口しているのはめずらしいことだ、気の毒にも思っている」

則近はゆっくり起きあがって、

「まあいい、こなさん。わけを言うてみなはれ」
と大坂弁で明るくあごをしゃくった。退屈がしのげるとおもったのか、だいぶ機嫌がいい。お悠は茶をいれるために、そっと座を立った。

3

門兵衛が生玉《いくたま》の社家に所用があって、東の大鳥居の前の馬場先《ばばさき》通りの雑踏を歩いていたときのことだ。このあたりは一町ばかりの参道の両側に、下級の娼家が押しならんでいる。普通、呼び屋という。

ついでだが、大坂では置き屋に娼妓や芸妓を置き、そこでは客を迎えない。客は等級に応じて、揚屋、茶屋、呼び屋にのぼる。揚屋では太夫をよび、茶屋では天神を呼び、呼び屋では最下級の娼妓である鹿恋《かこい》をあげて遊ぶ。ひどいもので、馬場先通りあたりの置き屋になると、新顔の娼妓が顔見せをしたときは、呼び売りの男にまるでたわしかいわしを売るような調子で町内を触れあるかせたものだ。

「いやあ、角の大黒屋にただいまはいりましたるは、船場のお医者の娘や。年は中年増《ちゅうどしま》いかず後家《ごけ》。煎《せん》じようは常のごとしと申せども、そこはちくとサジかげんをお用いなされてごろうじませ。いやあ、話かわってとうろう前のシメ吉にはいりましたるは、これまた天満《てんま》空心町なるしもうた屋の娘や。祖父は与力で親は同心、娘は馬場先で鹿を恋う。だれぞどうじゃい、どうじゃいな、鹿になって追うてごろうじませ」

門兵衛は、呼び売りの行き来する人込みをかきわけていると、いつのまにか、意味ありげに左右に寄りそうてきていたふたりの浪人体の者に、ぐいとそでをひかれた。

「なんや」

「みどもの足をみてくれ」

「おまはんの？」

足を踏んだらしい。どうせ天満の浪人長屋に住んでいるくすぶり浪人とみて、門兵衛はすかさず南鐐《なんりょう》一枚を相手のそでで口に落としこんだのがわるかった。

「なんだ、これは。われわれを市井の無頼の者とまちがえたのか。なんの意趣があって、足を踏んだうえこうもあなずる」

口々にいった。ひとりは但馬《たじま》なまりがあり、他のさかやきののびたひとりには備前あたりの口跡《こうせき》がある。ちかごろ京の物情が騒がしくなってくるにつれて、諸国から大坂へ流入してくる浪人者の数がふえている。ひとかどに攘夷論を口にして志士ぶってはいるが、その日が食えないから何をしでかすかわからない。ついさきごろも、越前の名士橋本左内の名をかたって長町の分銅讃岐屋の旅籠《はたご》代を踏み倒してにげた攘夷浪人がいた。

門兵衛は、はじめはこれらもその手合いだろうと思って、

「どないだす。さっきの呼び売りにだまされたと思うて、かどの大黒屋とやらにごいっしょしまへんか」

と気をひいてみたところ、相手はますます激昂して、ついに果たしあいをするところまで筋が運んでしまったという。

「逃げてしまえばよかったんだ」

事情をきき終わった則近は、まだ不得要領な顔つきでいった。

「いや、これには裏がおます。逃げてもあかん」

門兵衛はくちびるのはしにしいしわを片寄せて、

「あとで調べてみると、あいつらは雇われとるだけや。鰻谷にけんか屋という店がおましてな」

「さすが商いの町だな、けんかまでひさぐとみえる」

「親分の名を法楽屋大蔵という。京の仏光寺本山の総代職で、お他力信心のあつい男や」

「そんな篤信者がけんかをひさぐのか」

「商売は別や。表面は仲仕《なかし》の口入れ屋だしてな。ふつうは、たとえば摂津天王寺村の親分と河内四条畷《かわちしじようなわて》村の親分との間に紛争が起こったときに、両方から数人の仕出しを頼んでくる。助人を買いにくるわけだンな。百、二百と人数がふくれあがっていくうちに、奉行所から頼まれた仲人《ちゆうにん》役の親分が現われて、手をうつ。めったと、本物のけんかにはならん。せやさかい、法楽屋の親分は後生のええ慈悲稼業やいうとる。しかし、そんな場合だけやない。あいつどづいてくれ、いう小売りもやる」

「小売りをな」

「人に調べさせてみたところ、どうやらあの浪人者は法楽屋で食わしてもろうてるらしい。だれがけんか屋に頼んだのか、それはわかりまへんけどな」

「およその見当はつくだろう」

「まあな。しかしわしも、こうして暮らしているには表通りだけを歩いているわけやない。うっかりしゃべれば千日前の板の上に首のせんならんようなこともしている。ある藩の蔵屋敷のことでな、その蔵役人がわしといっしょに甘い汁を吸うていたくせに、事がややこしゅうなってきた、わしさえないもんにすればかたがつく、そんなことで、法楽屋へ頼みよったのかもしれん。侍のやりそうなこっちゃ。わしもねらわれたが運のつきや。逃げまわってるぶんには、かえって向こうの手に乗るようなもんやと思うてな、ここらあたりですっぱり開きなおって、決闘に応じてこまそうと心を決めた。まあ、これでも武士のはしくれやさかいな」

「それで、わたしに介添えをたのむというわけだな」

「禁裡はんに頼むのはおそれ多いが、むこうはふたりや。ひとりではどもならん。ほかを見渡しても頼りになるほどの者がいない。そこへいくと、あんさんは所司代からにらまれるほど剣術に凝ったおかたや」

「見こまれたものだ。それで、先方の男はできそうなのか」

「あいつらだっか。けんか屋の法楽屋大蔵が大金を出して選びすぐったほどの男だす。弱いというはずがおまへンな」

「おまえは？」

「わしか」

百済ノ門兵衛は、急に照れたような作り笑いをして、もう一度、

「ああ、わしかいな」

と口の中でいい、お悠がいれかえてくれた煎茶をふた口にわけて飲みこむと、

「わしもこれで渡辺ノ綱の末孫や」

とだけいった。

4

大坂の刻《とき》は町々の太鼓が知らせる。その朝、七ツ半を数えてから則近は安堂寺町の寮を出た。道服の下には刀を帯びていない。つえを用意している。桜の自然木で、なかに高野家伝来の粟田口国綱《あわたぐちくにつな》の刀身を仕込んである。ふとほおの寒さに気づいて、ふところからつゝの頭巾《ずきん》をとりだして顔をおおった。まだ夜があけきっていない。塩町に出ると西側の商家のでっちが大戸を繰りあけているのに出会った。

「禁裡はん、早うからどっちゃへ」

「日本橋の毘沙門《びしゃもん》の朝参りにな」

「毘沙門はんなら寅《とら》の刻やろ。もう刻が移ってまンがな」

「いや、人の少ない刻のほうが利益《りやく》は大きかろう」

長堀川を川沿いに西へ進み、白髪橋を渡ったあたりで、東がしらんだ。

あみだ池の境内をぬけきって幸橋をわたれば、大坂の町は尽きる。むこうは木津川堤まで一望のたんぼである。前に黒い森があり、西にむかってかすかに丹《に》塗りのいなり鳥居がみえる。赤手拭ノ森である。

則近は、鳥居の横の小川を踏んで森へはいった。社殿の裏をぬけると急に樹間に光がみちた。道のむこうにあき地がある。光は朝もやのなかに三つの人影を浮きあがらせた。

一つの影は、百済ノ門兵衛と知れる。二十歩ほどはなれて、ふたりの武士が立っている。いずれも下げ緒でたすきをかけ、はかまのすそを徒士《かち》だちにたくしあげているが、門兵衛は着流しのすそをはしょっただけで、刀にも手をかけていない。

則近は森を出た。ひとりが目ざとくみつけて、

「神官どのか」

まちがえたのは白小そでのせいだろう。

「ご両所」

と則近はいった。

「無用の人殺しはしないほうがいい。だれに頼まれたのかは知らぬが、もらったほどの金子《きんす》なら、そこの門兵衛が出してくれるはずだ」

「えい、無用のことを。そのほうこそこの門兵衛に頼まれて仲裁にきたのじゃな。怪我をすると、あとでほえねばならぬ。のけ」

面ずれがある。たけが高い。よほど自信があるらしく、右手をゆっくりつかにかけると、みごとな弧をえがいて刀身を虚空にさらした。

いまひとりの男は、門兵衛のまわりをゆっくりと移動しながら、あたりに数本はえている桜の若木をむぞうさに切りはらっている。相手がたてにするとめんどうと思ったに相違ない。知恵といい、落ちつきはらった所作といい、こづら憎いほどけんかなれしていた。みるみる門兵衛のまわりの木は切り倒されて、門兵衛は、男が歩いている円周の中心に立たされるかっこうになった。

「どうした門兵衛。抜け」

「ああ」

「おくれたのか」

「べつにおくれてはおらん。なんや知らんものううなっただけや。わしは人殺しがきらいでなあ。ここまでくるあいだはきおうてもいたが急になにもかもめんどうになった。わしは融通念仏門《ゆうずうねんぶつもん》の門徒でな、もしこの草の上で果てても、弥陀《みだ》の本願によって往生は決定《けつじょう》している。しかしおまえたちはどうする。それを思うと、つくづく気が重うなった」

「どうする、とはなんだ」

「死んでからの行き先が決まっているのか」

「ばかめ、生きてこの場所からまっすぐに新町へゆくわ」

「なるほど」

おどろいたことに、門兵衛はひょいと肩をすくめると、ふところ手になった。戦意がない。

則近は、そんな門兵衛に興味をもちはじめていた。なにぶん食えない男なのだ。このふざけた所作の裏になにを用意しているかわかったものではない。

上体を宙づりのようにしてぶらぶら遊ばせているくせに、よくみると、その腰だけは全くうごいていない。足をときどき踏みかえているが、腰から落ちている重心はいつもずしりと地上に吸いこまれているのである。何流をまなんだのかはわからないが、よほど体技を練らないとこれほどの腰はできあがらないものだ。則近はふしぎなけものを見るような思いで門兵衛を見た。

木を払っていた男が、いつのまにか門兵衛のうしろにまわった。則近はあやうくつえの先を握ろうとして、かろうじてその衝動を自制した。

もやが動く。風が吹きはじめた。それにつれて門兵衛の両そでが動き、上体は依然として白い大気のなかで遊んでいる。則近はこの化け物のような男に力を貸す用意をまったく捨てた。門兵衛が斬られるか、相手が倒れるか、いずれでもいい。その瞬間において、この男の正体のわずか一端でも現われ出るかもしれぬことに興味のすべてをかけた。

「どや」

門兵衛がいった。相手のふたりの動きが凍った。風の中で門兵衛の歯ぐきだけがひらひらと動いているようであった。

「金やるさかい、いっしょに馬場先通りにあがって船場の医者の娘とやらを買わんかい」

「おのれ」

門兵衛のうしろの男が上段にふりかぶった。同時に、門兵衛の前に立った長身の男が、中段のままはげしく突きを入れてきた。それらの映像が則近の脳裏に一瞬に重なった直後、白い風がすぎて、ただひとり、草の上に百済ノ門兵衛が右手のさきに刀をたれ、左手をそでに入れたまま、ぶらぶらと上体を宙に浮かせている像を見た。その像が、はたして門兵衛の像であるか則近はもう一度見た。

淀の水車

1

冷えると、お悠は癇《かん》がおこるたちかもしれない。京からの飛脚が、安堂寺町の小西屋総右衛門の寮についた夕、ちょうど式台からおりようとしていたお悠が、いきなり飛脚の胸先で手をふった。

「お勝手へおまわりやす」

「えらいけんまくやな」

若い京飛脚がむっとして、

「これやさかい、大坂者の無学にはかなわん。このはさみ箱のご紋が目ェに入らんのかいな」

「ご紋――？」

お悠は、急にあどけない顔つきになった。道頓堀の見せ物小屋でめずらしい機械でも

のぞくような目で、

「どんな?」

「難儀なお人やなあ。十六弁の裏八重菊のご紋やがな。かしこくも、二品《にほん》親王粟田《あわた》ノ宮門跡《もんぜき》さまのご書状であるわえ。このご書状が、勝手口から入《へえ》ってええもんかえ」

書状ときいて、お悠はなにかを直感したらしく、白いまぶたのまたたきをとめた。目のはしがかわいてくるのもかまわず飛脚の肩のうしろのはさみ箱をにらみすえていたが、やがてつッと気をかえた様子で、

「こなさんは、あんだら（馬鹿）やな」

と、ゆっくりいった。

「ここをどこと思うていやる。摂津大坂道修町の仙女円薬舗小西屋総右衛門の寮でおますえ。いうとくが、公方、御所様《ごっさん》、ご門跡、お大名、どこのだれから賜わったという家屋敷でもあらへん。だれに遠慮がいるもんか。家法どおり、飛脚は裏へまわっとくれやす」

お悠の声は、廊下をふたまがりして、奥座敷にいる則近の耳にまできこえている。則近は、百済ノ門兵衛とひまつぶしの碁をうっていたが、二品親王粟田ノ宮門跡という声

をきいて、ふと、石を置く手をとめ、顔をあげた。

「門兵衛、どうやら来たらしい。せっかくなじみかけた大坂だったが、別れねばなるまい」

「さようか」

門兵衛は不機嫌ともみえる面持ちでまゆを寄せ、盤のうえにならぶ二色の石の配置を見すえてだまっていたが、やがて息をぬくと手もとの白い石をパチリとはじき、

「火雷噬嗑《からいぜいごう》」

「卦《け》かね」

「そうや」

上代中国の仙客が洞窟で試みたという棋易《きえき》である。門兵衛は、存外学がある。長い顔で笑いながら、

「前途易《い》ならず、彼我の間に障害あり、これをかみくだくに難多し、ただし断じて行なえば鬼神も避く、という卦やな。あんさんの打った白い石を筮竹《ぜいちく》にみたてて立ててみた。ただしあまりええ卦やない」

「いや、男として願ってもない卦だ。じつはこのところ、左右を決しかねていた。仙女

円の養子になるのもいいが、どうもここは退屈すぎる。といって、公家にももどりたくはなかった。しかし、火雷が待っているならまんざらでもないな」

ほたほたと足音がきこえた。お悠が書状をもってきたのだろう。則近には、書状のなかになにが書かれているか、ほぼ想像がついているのである。

兄の右近衛中将晴近《はるちか》が死んだ。

もっとも、書状はそのことについてではない。兄の急死は先月のことだ。通夜にも葬儀にも、則近はかえらず、服喪もしていない。

(べつにすねてるわけではないが、養子とはいえ、ありようは町人の店の看板に売られてしまった人間が、のこのこ葬儀に帰るのもけうといし、一族もそのほうが気が楽だろう)

ずぼらをきめこんだまでのことだが、その間、おじからも帰洛の催促状が数度きたし、鷹司《たかつかさ》関白政通《まさみち》からも、家督のことがある、急ぎ会いたい、との口上をもった使者がきた。しかし、則近はどの場合もこう返事した。

「一万両がない。いくら相手が町人でも、踏み倒して帰れますか」

一万両というのは、則近に養子の話がきまったとき、小西屋から高野家へ渡った支度金名儀の金員のことである。兄が死んで家督をつがねばならぬといっても、養子の話をつぶして京へ戻るのなら、支度金は小西屋へ返すのが順当だが、そんな金は、おそらく兄がとっくに借財の整理や猟官運動に使ってしまっているだろ。

もっとも、事情をきいた百済ノ門兵衛は、

「ええがな、その程度の目くされがね。小西屋も、あんさんのおかげで仙女円の吹聴がようきいて、資《もと》はじゅうぶんとっとる」

といってくれたし、当の小西屋も、

「あほらし、あんさん」

くわい頭をはげしく振った。しかし、と則近はいった。

「養子になる約束できたわたしが、このまま京へ戻ると、食い逃げになる。いいのかな」

「食い逃げどころか、もともとこっちから押しつけたさらだす。おかげで、小西屋ももうけさしてもらいました。しかし吹聴が第一の薬商人《あきんど》としては、道修町の禁裡はんとまで名ァ売ってもろうたあんさんと縁が切れとうない。あんさんさえよければ、金の用は、向後もなんぼでも申しつけとくれやす」

「ただではすむまい」

「商いでっさかいな。そのかわり、この先も、仙女円の吹聴に、禁裡はんのお名ァ、使わせてもらいます」

「いいだろう、どうせ町人あがりの公家だ」

そんなことで、小西屋との了解はついているのだが、京へ帰ることになんとなく腰が重かった。若さのせいでもあった。ふたたび公家生活に戻ったところで、則近の青春のうっくつをほぐす何物があろうとも期待できなかったのである。

お悠がきた。則近は法親王への礼譲として、まず香をくべた。においが部屋にみちるのを待ってから、文机を床の間にむけ、その上に書状をひろげたが、読みおわると、ゆっくり時間をかけて手もとの火ばちのなかで灰にした。

——貴卿《きけい》の不在中に、すでに除目《じもく》されていることを告げ知らせる。従四位ノ下に叙せられ右近衛少将に任ぜられた。鷹司老関白をおどして、わたくし一存ではからったことだ。ついては妄慮せず、直ちに帰洛すること。ただし、高野の屋敷にはたち寄らず、わたしの董《とう》する粟田青蓮院叢華殿《あわたしようれんいんそうかでん》にはいられたい。それも、夜陰がよい。

(夜陰、青蓮院叢華殿……。権謀のお好きな法衣の親王さまらしくある。どうやら、ふ

りだしから、火雷噬嗑《からいぜいごう》の相がでているようだな）

則近がつと顔をあげると、お悠が部屋のすみにすわっていた。顔だけを中庭にむけたまま、視線を枯れ滝の石組みにくぎ付けにし、肩からせりあげてくるおえつを、必死にくちびるのはしでかみころしている。

「お悠」

少将則近は、急に血の沈むような思いで、この気のつよい浪華《なにわ》むすめをみた。

「知っていたのか」

お悠はかぶりを振ったが、うそにきまっていた。則近が小西屋を去るということは、総右衛門も門兵衛もまだお悠に話していないはずなのだが、お悠のなかの女の知恵はとっくにそれをさぐりあてているのだろう。

さぐりあてたものをけんめいに胸の内で包みながら、のどに吹きあがろうとするのをこらえているお悠に、則近はいままで気づかなかったこの娘の、いわば所作を殺したあざやかな舞い姿のようなものを映じ覚えた。

お悠はいらえもせず、ひたすらに庭の光をみつめている。えりもとの白いくびれを見ている則近の心に、すでになまなましくにおいをこめてあわだつものがあった。公家伝

承の蕩心《とうしん》というものかもしれない。則近はおのれをきびしくたしなめてみたが、

「それは」

声をきいて、ぎょっとした。ぬれ縁にすわった門兵衛の背中が声を出している。

「男というのはな、随所に主《しゅ》とならんとあかん。常に座臥《ざが》に心を残すまいぞ。元町の鉄眼寺の和尚《おっさん》が一つ文句に言うとるがな」

言ったときは門兵衛はもうはだしで砂地を踏みながら、柴折戸のほうへ遠ざかりつつあった。おそらくこの男にしてはめずらしくきまじめな表情になっているのだろう。なで肩のさきがこわばってみえ、暖かみのある声で話を継いだ。

「遠慮はいらん。ついでにその娘も食い逃げしたら、かえって心を残さずに済む」

「ばかな」

「あほなことあらへん。禁裡はん」

柴折戸の前で、門兵衛がふりかえった。

「不謹慎だ、女子《おなご》の前で」

「もう女の話はおしまいや。あんさんのこれからのこっちゃ。さいわい、わしは眷族もない。身ィがかるい。小西屋総右衛門はんとも話しずみやが、しばらくあんさんに付い

てみるつもりや。火雷噬嗑《からいぜいごう》やさかい、地獄の底をみるかもしれん。それもおもしろい。お悠はんがほれたように、男のわしもおまはんにほれている。小西屋にすれば、だいじな商売のたねでもあるしな。いずれ、京でお目にかかりまっさ」

「おい」

「こんばんお悠はんをようかわいがったってや。それが男のみょうりや」

門兵衛の背が、ゆっくり柴折戸のむこうへ消えていった。

2

少将則近が、道服白小そでの着ながしのまま安堂寺町の小西屋総右衛門寮から姿を消したのは、その翌朝のことであった。天はまだ明けず、望《もち》の月が八軒家までの凍《い》てた道を照らした。

だれにも出立をつげなかったのは、町の者や同業者たちのぎょうぎょうしい見送りがうるさかったたし、ひとつには、粟田の法親王の書簡から察して、大坂だちも京入りも隠密にしたほうがよさそうに思えたからである。ただ、お悠にだけは告げた。

「あの鐘は七ツか」

お悠は、まくらのうえでうなずくと、ふとんのえりをもちあげて、やにわに顔をおおった。泣いている。

「たつぞ」

則近は見ぬふりをした。はねおきるなり、すばやく着替えて、

「起きるな。床のなかで別れるほうがふぜいがある。お悠のことは忘れぬ」

「うそ」

「と思ってもいい。こうしたときの男のせりふはきまったものだ。しかし、男女のむつごとというのは、うそであればあるほどうつくしくもあろう」

「あほらし」

お悠は顔を半分だして、あんどんのそばに立つ則近を見あげた。すでに娘ではなくなった目が、きらきらと涙にぬれて光っている。

「お公家はんなんて、ねやのうそを考える老舗《しにせ》はんやもんな」

「そうかもしれない。おれたちの先祖は詩歌をつくっては、うそをよりうつくしいうそ

にすることに、いのちを燃やしてきたからな。ねやの営みというものは、それだけではけものの交わりとかわらない。うそがあってこそ、人の男女のうつくしさが生まれる。忘れぬ、とはそうした意味だ」

「わからへんなあ、そこんとこ。ほなら、お裏はんにしてくれはらしまへんの」

「お悠」

　則近は刀を帯に落としながらくすくす笑って、

「そんなことをいうと、せっかくのうそのうつくしさがやせてしまう」

「かまへん」

　お悠は、もう泣いていない。さきほど、則近の腕のなかで、はじめてむすめをひらいたときの絶え入るようなお悠は、この薄暗い部屋のどこにもいなかった。

「お悠は、お裏はんにしてくれはるまで、どこまでもついていきますえ。お裏はんがいやなら」

「どうするんだ」

「お側《そば》はんでよろし」

「値引きだな」

「門兵衛はんが教えてくれた。男女の仲も商いとおなじやさかい、しっかりやりや、いうて」

「知恵をつける男だ。うそと商いの勝負なら、うそが負けるにきまっている」

「負けたら、いや？　お悠がいや？」

「刻《とき》がすぎてしまう。とにかくたつ。送らなくていいぞ」

則近はふすまの金具に指をかけてから、やはり気になってお悠のほうをふりかえった。視線があったとき、お悠はちらりとわらいかけたが、すぐこわい顔を作って、ふとんをひきかぶり、やがて小さな声でいった。

――だれが、送るもんか。

則近にはきこえなかったかもしれない。

3

八軒家から淀川をのぼる三十石船がともづなを解いたのは、卯ノ刻をすぎていた。

長さ十五間、幅二間ほどの船体に、三十名たらずの船客がつめられている、船頭は四人で、ひとりはかじとりに残り、あとは堤にのぼって船をひいていくのである。

川じりの沖の浮きどうろうの灯が朝霧のむこうに消えるころ、陸をいく船頭のからだがひきづなにしなって、船は岸べのアシをわけて遡行しはじめた。

則近は、佩刀《はいとう》のさやをだいて船べりに腰をおろしていた。風が冷たかった。船には屋根がある。カヤでふかれていたが、囲いがなかった。風が吹きとおるたびに、客たちは、綿のうすい貸しぶとんで身をくるまねばならなかった。

「ふとんは」

横の行者《ぎょうじゃ》ふうの男が、すえたにおいのするふとんを則近のひざに掛けようとしたが、則近は、

「いらない」

とことわった。従四位ノ下右近衛少将といえば大大名がかろうじて得られるほどの官位だが、高野則近は生まれついての貧乏公家そだちだから、こういう野卑な環境にいくどとなくなじんでいる。むしろ好きだったといえるだろう。

則近は、風のなかで目をつぶった。膚をさす風が快かったのは、ひとつにはかれの多血な若さによるかもしれない。もうひとつは、かれを少年のころから鍛えてきた小田無

応流の異風な習技によるものであった。

下河原の道場主山田寛斎は、寒中でも衣をつけさせなかった。はかまのみ着け、裸形のうえに防具をつけさせるのである。とくに木刀げいこのときははかまさえとらせて、下帯ひとつで庭でけいこをつけた。

「皮膚を恐れしめるな」

というのが、この老剣客の持説だった。けもののもつ反射能力こそ武芸者の終極の理想だと説く寛斎は、同時に、相手の太刀《たち》からうける恐怖感をのぞくことを実技の眼目とした。

剣法というものは、要するに相手の間あいのなかに放胆に踏みこむほかに手のないものだ。踏みこんで、相手を圧倒威嚇することによって、恐怖をおこさせ、瞬間ながらもまひした相手の反射能力のすきにつけいって斬りさげる。要諦はそれ以外にあるまい。あるとすれば、それは職業剣客が自分の流儀を売るために考案したさまつな小細工にすぎない、というのである。

布ひとえの防御物もない状態において、則近は剣技をまなんできた。はじめは、皮膚が相手の木刀やしないを過敏におそれた。

やがてその皮膚が恐怖の能力をすりつぶしてくるころ、則近は師匠の間あいのなかにさえゆうぜんと出入りできるようになった。間あいに出入りする則近の裸形を、ついに寛斎の木刀が捕捉できなくなったとき、寛斎ははじめて一人一代相伝の小田無応流の印可を則近にあたえた。

（妙なところで師匠の功力《くりき》があるものさ。この風のなかでけっこうねむれる）

風は川上から吹いている。強まるたびに舟足が落ち、ときには綱をひく船頭の力がつきて河中《かちゅう》に立ち往生することもあり、その日の日没になって、ようやく右手に男山のみえる八幡の岸をすぎた。

すこし眠ったかもしれない。ふと気づくと横の男が、からだを則近へのめりこませるようにしてもたれかかっている。

薄目をひらくと、さきほどの行者ふうの男だった。白い羽ずきんをまゆ隠れにかぶって、たれでほおまでおおっている。暗いために人相のほどはわからない。

（妙だな。この男、ねむっていない）

遠くで犬のほえる声がした。

へさきにちょうちんがひとつあるだけで、ひかりはここまでおよばない。暗い。ただ、ぬるぬるとした行者男の体温とかすかな鼓動だけが則近の半身に伝わってくるのだが、その体温に奇妙な生気がある。寝息をたてながら、男は薄刃のような細目をひらいて何かをうかがっているようであった。

(そういえば、千代崎橋からおれをつけてきた影はこの男ではなかったか)

八軒家の船着き場へいくまでのあいだ、加賀藩の船囲いの陰からひょいと出てきた男が、則近のあとを規則正しく尾行しはじめた。則近が歩度をゆるめると、男も足を落とす。ひどく小男であった。ゆっくりと金剛づえをつきながら道の中央をあるいてくる。べつに身を隠そうとする様子もなかったから、則近はかえって気にとめなくなった。ふと気づいたころ、男の影は背後から消えていた。

乗船してから、男は則近のそばをはなれなかった。そういえば、男は則近が頼みもしないのにふとんを持ってきたり、きせるにたばこを詰めてすすめたり、なんとなく小さな接触をしいてきたような記憶があった。

(こいつ、軒猿《のきざる》だな)

則近は思った。べつに根拠はない。ばくぜんとした雑感のなかからそんな直感をひろいあげたのだが、男はまるでそれを読みとったように顔を寄せてきて、寝息のなかには

さんで小さなつぶやきをもらした。たしかに、

「いかにも」

と答えたような気がする。そのくせ、依然と寝息だけはたてているのである。

　軒猿というのは、上方ではいわゆる忍者をさす。近江の甲賀郡と伊賀一国に住んでいた郷士が偸盗術《ちゆうとう》をまなんで戦国時代の武将たちの密偵をつとめたのが忍者といわれるものだが、徳川開幕とともにかれらのうちの百三十人がそれぞれ御家人にとりたてられ、甲賀伊賀組同心として江戸に移住した。

　それにもれた在国の者は帰農したり、下忍《げにん》をそのまま売り子に使って売薬問屋に転業した。が、技法の法脈というものは容易に絶えないものとみえ、ときに売り子や農夫のなかから、いまだに忍びの術を身につけた者が出る。伊賀では偸盗術といい、甲賀では測隠術《そくいん》という。要するに、盗賊の術である。

　京大坂などで、容易に捕捉できない盗賊があらわれると、与力同心たちは、一応、

「軒猿ではあるまいか」

　と疑う。則近が（軒猿か）と思ったのは、たいそうな意味ではない。伊賀か甲賀出身の盗賊か、といったほどの意味だった。

男は再び顔を寄せてきて、則近の耳もとでささやいた。声は小虫の羽音ほどに小さかったが則近を驚かせるにじゅうぶんだった。

「ああた様は、右近衛少将高野則近公《きみ》でおわすな。――たしかじゃな」

則近は黙ったまま、そっとわき差しの小柄《こづか》を抜いていた。むろん、相手の出様に備えるためであった。しかし、男は小さな子どものようにやわらかい手で則近の手にそっと触れて、

「おれは怪しい者ではない。粟田青蓮院ノ門跡尊融《そんゆう》法親王様に飼われている軒猿じゃ。伊賀名張《なばり》郷のうまれで、名張ノ青不動《あおふどう》という。武士にあらず庶民にあらず賊にあらず優《う》婆塞《ばそく》にあらず比丘《びく》にあらず俗にあらず、申すなれば人でさえない。見知りおかれたい」

「つまりサルということかな」

「なんとでも。ただしいまは、ああた様の身を守り奉っている。おっつけ、このあたりの水の上から刺客《せっかく》が参ろう」

「刺客？　だれに」

「ああた様に。法親王のご密謀がご同腹の公卿の口からもれた。所司代へな。所司代では法親王をいたぶるわけにはまいらず、けっきょくああた様をなきものにしようと企て

ている。この淀の水の上でな」

「わたしは、何も聞かされていないがね」

「それでは浮かばれ申すまい。軒猿ふぜいの口から申すのもおそれはゴザあるが、あなた様はこれから参る京で、日本でいちばんだいじなお役をになわれたもうことになる。くわしくは粟田ノ法親王様からおききくださるよう。——やがて、淀じゃ。お刀《こし》を存分に引きつけられよ」

「敵はいずれからくる」

「川上より参る」

名張ノ青不動と名乗る男は、則近のために万一のたてと思ったのか、船べりの柱に身を移させようとしたが、則近は、

「いいよ」

といった。男のいうすべてを信用しているわけではない。

やがて右手に淀の町の灯がみえた。左手の水べりに、淀城のやぐらの矢狭間《やはざま》のあかりがかすかな灯影を散らしている。

おなじく左手から、水がはげしく砕ける音が川面に満ちはじめた。流れを上下する旅

人のあいだで知られる淀の水車《みずぐるま》である。

水車の軸は城内から仕掛けられている。水車のさしわたしは八間、まわりに二十のつるべをつけて、淀の水を城中に送りこむ。淀川の川瀬を砕いて昼夜間断もなく回転するこの巨大な水車は、みつめているうちに、むしろその回転の底から淀の黒い流れが作りだされていくようなすさまじい力動があった。

則近の左側の町人風の男が、かちりとひうち石を打った。ほくちにつけた火が、ぼっとあたりを明るくして、男はきせるのさきに火を移した。男は横の連れらしい客に話しかけて、

「あの水車の軸が、油を日にいくら食うとおもう。一升や」

といった。

青不動はふたたびもたれてきて、

「あの男ふたりは京の放免《めあかし》でござあってな。火をつけてはああた様の所在を水辺のどこかへ知らせている。どうやら水車を過ぎるころがあぶのうござりまするぞ」

「おまえ、どこへいく」

「ともへ。伏見の船着き場でお会い申す」

青不動は短い腕をあげてのびをすると、船内の闇に溶けた。その背を見ながら、

（なんのために……？）

と、則近はおかしさがこみあげてきた。なんのために刺客にねらわれたり、えたいの知れぬ軒猿に守られたりせねばならないのか。公家《くげ》の家にそだった則近には、自立して自分自身の人生を開くことにさほど興味がなかった。町人の家に養子にいけといわれれば、それもおもしろかろうと思ったし、粟田ノ法親王から秘密めかしい書状が来れば、ひょっとすると退屈ざましがそこに待っているかもしれないと思って、すなおに淀川のぼりの船に乗った。いつも自分の運命は、他人がきめてくれている。

（どうやらこの流儀では、命まであぶなくなりそうだ）

佩刀を抱きながら、則近は鯉口《こいぐち》をきった。従四位ノ下少将則近の特技といえば刀技だけである。下河原の山田寛斎は「百万人にひとりの天稟《てんぴん》」といった。則近にすれば、他の公家や諸太夫の子弟が琴棋《きんき》書画をまなぶかわりに剣をまなんだにすぎないが、その剣のためにかえって身をあやまらぬともかぎらない。尊融法親王が則近のために用意しているあたらしい運命の座は、少将則近のもつ天稟の刀技を計算に入れたうえでのことだというのは、内容をきかずとも推察がつく。

「お悠」

ふいに則近はつぶやいて自分で驚いた。川面《かわも》の闇のなかでお悠の白いからだがうかんだ。軽い緊張が、かえって則近の底で仮眠していた蕩戯の記憶をよびさましたのだろう。則近の母徳子は津軽家からきた。徳子が持参した化粧料が父一代の生活費になった。則近のからだのなかに、なかば武者の血がながれている。あとのなかばは、父祖伝来の遊惰の血である。

則近は、闇のなかのお悠のからだを、黒い視線のなかでしつようにとらえている自分に気づいていた。そのたびにお悠は小さな叫びをあげ、白い隆起がくびれて、はげしく動きつつ燐光を発してぬれはじめていくようであった。男は、愛を登りつめた頂点において、ついに女体を憎しむ。則近の想念がようやくそれへ膨満しようとしたとき、不意にお悠の白い燐光が消え、黒々とした肢体が空中に踊って則近に迫った。則近のからだに熱い震えが走って、無意識の一刀が黒い川風を両断した。どこかでお悠の歓喜を聞いたような気がした。

空中の肢体は二つになって水に落ち、則近の肩に霧のような血しぶきがのこった。

（舟だな）

闇をすかすまでもなく、黒い舟影が則近の位置へふなばたを接するまでに近づき、そのふなばたから、さらにひとり、こちらへ跳躍しようとしている影があった。

高瀬舟である。舟の軽さと流れの速さにまかせて瞬時に接触し、すれちがいざまに則近をしとめたうえ下流に押し流れようとしたのだろう。

則近は、どこに刺客がひそんでいるかもしれないこの乗り合い船で危険を待つよりも、かえって刺客をのせた舟に移るほうが安全であることを、とっさにさとった。飛び移った則近の白いたびが低い舟板を踏んだとき、刺客たちにとって、襲撃者としての位置が転倒した。ひとりを斬った。その拍子に死がいにつまずいて、則近は舟べりの板をつかんだ。

みると舟底に二つの死がいがある。覚えがなかった。顔をあげると、かじのほうにただひとり残った人影が立っていた。舟は三十石船からはるか下流にながされている。則近は、おい、と声をかけた。

「やるかね」

「いや」

影は笑ったらしい。

「ひとあしお先に参上つかまつってい申した。そこでは揺れる。もそっとまなかにござあれ」

名張ノ青不動は、かじをしなわせるために小さな身を沈めた。それをみながら、則近はまたもうひとり妙な知りあいがふえたことだ、と苦笑した。

舟は流れに乗っている。則近はふたたび淀の水車のすさまじく動く影を、こんどは右手の視野いっぱいにみた。回転する闇のなかに揺られながら、則近はもう一度さきほどのお悠との想念をおもいだそうとしている自分に、小さな舌鼓をうった。

内親王の恋

1

「急がれよ。やがて月が隠れもうすぞ」

堤の下で、名張ノ青不動が、ミズアシのなかの舟をけ放しながら声をかけた。

「軒猿――」

少将則近は、どての草をつかんで身をはいのぼらせつつ、吐きすてるようにいった。

えりもとに血のにおいが残っている。生まれてはじめて人を斬ったせいだろう、声の調子が常軌でないのも無理はない。――

堤は二丈ほどもある。仰ぐと、天へ重なる枯れ草の果てに、一痕《いっこん》の月があった。

「おまえの術にかかると、月まで自在になるのかえ」

「雨も降る。ほどもなく」

「狐狸のようなことをいやがるなあ。そういう才芸は人の世に百害あって一利もないもんだ」

「風をかいで、雨を知ることが、でござるか」

「斬《や》り口さ。おまえの」

「これはしたり。御所《ごっ》様、おまえさまもお断りなされたぞ」

京では公家殿上人のことを御所《ごっ》さんという。伊賀の軒猿（忍者）もそれにならったのだろう。しかも、不満そうにいった。

「空中で斬った生胴が、ふたつになって水中に落ちた。あれほどあざやかな刀芸を、この軒猿も見たことがござらなんだぞ」

「いどまれたゆえに斬る。刀技というものは双方平等の危険において果たすべきものだ。しかし、おまえはちがう。……この草の根を」

少将はつかんだ草をべしりとはがし、

「断つように、人のいのちを縮めた。舟底に死がいを重ねながら、平然と櫓をこいでいたおまえは、化性《けしょう》のようであった」

「ああ、おきままな」

「わしの宗旨さ」

「あれどもは、御所様を襲い奉る刺客でござったぞ。この青不動は、粟田ノ宮尊融《そんゆう》法親王の御命を拝して、おまえ様をお守り申すのが役儀でござった」

「まあいい。公家がはじめて人を殺《あや》めて、惑乱している」

「ごめん」

青不動の声に、少将は堤の中腹からふと下をみた。

小さな黒い影が、さおで川瀬をさぐっているようであったが、やがてさおの根を支点に大きく跳躍し、みるみる黒い大気のなかで浮揚しはじめ、ついには、少将の頭上で一点のしみに化し去ったとき、

「御所様」

黒い天から、くろぐろとした微笑が降ってきた。

「化性《けしょう》でもよいわさ。その化性と、京へはいるまでのあいだ、お退屈しのぎに、なんぞお試合もうそうか」

「断わろう」

少将が最後の草をつかんで淀堤のうえにはいのぼった。はった手が、最初に土をつかんだ。つぎに生暖かい人のひざをつかんだ。青不動だった。

舞いおりて、土下座していたのである。狐狸《こり》にあしらわれているような気がして、少将はむッとした。

「頭《ず》をあげろ。むさい」

「いや」

「ばかに神妙だな、空中から聞こえたあのふそんな声は、物の怪《け》のなき声であったのか」

「そら耳でおわそう」

いいながら、青不動は、ねこがまりにでもじゃれるような姿勢で、しきりと土の上で何物かをいじっている。

「頭をあげろ」

もう一度いって、えりがみをつかもうとしたとき、暗い土のうえにあごを置いた青不動の顔が、不意にぼッと燐光《りんこう》を発して、あたりを照らしはじめた。

「ちッ」

少将則近は思わず身をひいた。同時にツカに手をかけようとしたのを、

「あ。ご容赦」

ツツとうしろへ飛びすさって、

「見られよ」

自分の光る顔を、ひょいとはずして両手で持ちささえた。

「忍びたいまつでござる」

少将は、のぞいた。目のあやまりだったらしい。青不動が、のどの奥をふるわせながら笑っている。その手のひらのうえに、にぶく燐光のわく筒状のものを浮かばせていた。

忍具のひとつなのである。牛の角を内部からたんねんに削って紙のように薄くし、そのなかに鵜の羽の茎を三十本入れてふたをしてある。羽の茎のなかにはそれぞれ水銀が詰めてあり、水銀の蒸発によって曇光《うんこう》を発する仕組みになっている。当然、豪雨のなかでも消えない。

「これなら、怪《け》しゅうはござるまい」

愛宕《あたご》行者姿の青不動は、ゆっくり金剛づえをひろいあげると、まるで狐火か、人だまのように闇のなかに浮かぶその物をささげながら、

「ござあれ、この火をお目じるしに、ご先導つかまつる」

青不動は、伊賀の草深い郷士のそだちらしく古風に一揖《ゆう》すると、カラリとつえをついた。

当然ながら、少将則近は夜目がきかない。かろうじて一歩を踏みだすと、自分の前に影が消えていることに気づいた。月が、ない。

「軒猿」

「ああ、雲が出もうしたな」

「ばかな話だ」

「なにが」

「物の怪《け》にあやつられているようでな」

愉快ではない。目を閉じても、見ひらいても、闇の暗さにはかわりがなかった。ただ、目をひらけば、ぼうばくとして満ちひろがる闇のなかに、高く低く、前をいく青い火だけが浮遊している。

少将則近はそれのみにすがって歩く。意思はいらない。歩くにつれて、かるい眠けとともに意思が次第に機能を失いはじめた。かろうじて残っている意思が、少将のまゆの間をしわばませた。軒猿の指先から出る糸に、自分の両足が自在に動かされているのが、いかにも不快だったのである。

八丁畷《はっちょうなわて》のひろい野づらを伏見へ渡るときに、風が出はじめた。

月が、まるで死に絶えている。伏見伯耆町《ほうきちょう》にはいったときに、青不動の予見はさらにあたった。東のほう木幡山から吹きおろす風が重さを増し、ようやく霧のような雨が少将のほおをぬらしはじめたのである。

「ばかな」

かろうじて少将は自分につぶやき、襲ってくる眠けをさまそうとした。

2

同じころ。

そのクヌギ林のなかにも、雨がふりはじめていた。林のなかに、里《さと》御所ふうの屋根がある。小松谷からはじまる山道は、このあたりで尽きようとしていた。道のはてに、わびた建物がある。

風が、しとみを打っていた。

御簾のなかで、女がまゆをあげた。

「あのう……」

まゆのうえで、燭台《しょくだい》の灯がゆれている。

「ふむ、来たか」

物音に耳を澄ましていた男が、ツと杯を置いて、気軽に腰をあげようとした。

「いえ」

「ああ、麿《まろ》の寝所のことか。懸念をなさるな」

女のひとみをのぞくようにして、僧形《そうぎょう》の巨漢がからかうように笑った。

「則近が来るまえに、麿は清閑寺山へ退散する。まさか、恋ののぞき見をしようとは思わぬでなあ」

「まあ」

「この上の清閑寺の留守僧に、ふしどを命じてある。この雨に、今から粟田へも帰れまい」

粟田とは、青蓮院御所《しょうれんいんごしょ》のことだ。麿、と自分をよぶ僧は、太いまゆがふっとひらいて、

「名張ノ青不動は、うまくやるかな」

と、いたずらっぽくわらった。

粟田ノ宮尊融《そんゆう》法親王である。

この僧は、伏見宮家より出た。邦家親王の第四王子として生まれたが、おじ仁孝天皇にその才気と雄勁《ゆうけい》な骨柄を愛され、南都一乗院で修業中に天皇御猶子《ごゆうし》となり、親王に列し、のち二品《にほん》に叙せられた。

二十八歳で天台座主《ざす》となり、在職のまま市中の粟田青蓮院に住み、今上（孝明天皇）の国事顧問としての信任があつく、諸国の尊攘派の武士から「獅子王院宮《ししおういんのみや》」の異名で慕われて、南朝の護良《もりなが》親王に擬《ぎ》する者もあったほどだ。

自然、幕府もこの宮の存在をおそれた。宮の身辺には、江戸から派遣されてきている隠密の跳梁がたえない。

隠密とは、幕府家人のなかでの、いわゆる伊賀者をいう。

話は古いが、幕府の祖家康が、織田信長にまねかれて上方見物にのぼり、堺に滞在していたときに信長が京の本能寺で弑逆《しいぎゃく》された。天下が急変しようとしているのに、家康は手兵百余にすぎず、しかも遠く領国をはなれている。家康もよほど気が弱くなっていたのに相違ない。

「このうえは」

と、つめをかんで本多忠勝に言った。

「急いで京へのぼり、華頂山《かちょうざん》に立てこもり、腹切って織田殿に殉じよう」

左右がなだめ、家康を抱くようにして河内国枚方《ひらかた》から伊賀路へ落ちた。途中、野伏せりの襲撃に会って苦渋をなめたすえ、ようやく甲賀信楽《しがらき》から伊賀へはいる御斎峠《おとき》にさしかかったとき、にわかに前後左右から二百余人の影がわき出て一行のまわりを固めた。

おもだった者が進みでて、

「これは伊賀の地侍柘植《つげ》清広と申すもの。郷士三十余党を糾合してご武運を守り奉る」

たいまつをかざしつつ、伊賀盆地へ誘導し、柘植川に沿うて伊勢へ出、白子浦まで従って、舟で三河へ渡る一行と別れた。

帰国後、家康はこの二百余人に千貫の知行を給付し、江戸に幕府をひらいたときに御家人にとりたて、広屋敷番、明屋敷《あけやしき》番、下男頭などの卑役をあたえた。いまなお、事あればかれらのうちから技能の高いものが簡抜され、将軍、老中の密命をうけて諸国の隠密活動に従事する。

京へ潜入する者を、かれらの仲間では雅客《みやびきゃく》（宮飛脚）といい、島津領へ潜入する者を薩摩飛脚という。当然、黒い雅客の跳梁は、尊融法親王の身辺に集中されていた。

法親王のほうも、これらの雅客から、行動の秘匿や安全をまもるために、伊賀在国の者からこの技法の伝承をつぐ者を選んだ。宮方《みやがた》では、その者たちを軒猿とよぶ。名張ノ青不動と、その配下の下忍《げにん》がそれである。

「もう子《ね》ノ刻か」

法親王は、杯からあごをまわして、女のうしろ影におかれている自鳴鐘《とけい》をみた。

「おそらく伏見をすぎているところだろう」

「あのう」

「なにか申したか」

「いえ」

女がまつげを伏せた。

「宮」

尊融法親王がそうよんだ。

女が顔をあげた。髪につけた伽羅《きやら》油のにおいが、うすぐらい御簾のなかで、かすかに動いた。

「そうしていると、町家のふうがなかなかよく似合う」

「まあ」

「もっとも、帝《みかど》がご覧《ろ》うじたら、肝をひやされることだろう」

「おからかいあそばすな。こうせよ、とおおせられたのは」

「麿《まろ》であったよ」

法親王は、横ひざを楽しそうに、ばしばしとたたきながら、

「宮よ、かと申して麿の細工は、悲しゅうはあるまい」

「それは」

白い顔にくちびるをひらこうとしたが、微笑になりきれずに、あごをえりにうずめた。

女性《にょしょう》は、冬子という。先の仁孝帝の晩年の御子で、内親王に宣下《せんげ》されていたとはいえ、賀茂の神官の娘であったご生母がみまかってからは、境涯は孤児にちかい。ほとんど市中にも御所にも出ず、先帝に仕えた勾当内侍《こうとうのないし》が使ったまま建て朽ちていたこの小松谷の里御所に住み、わずかな侍女を相手にわび暮らしている。

はたちは、とっくに過ぎている。摂関家や清華家格《せいがけかく》の公卿から縁談がなかったわけではないが、そのたびに、この朽ち亭のしとみにすがりつくような必死な表情をみせて顔を横にふった。

年をかさねるごとに、内親王冬子の表情のかげりに寂しさが濃くなっていくようであった。

「だれぞ」

義兄にあたる尊融法親王は、わびずまいのなかで消え絶えてしまいそうな妹君を憂えて、

「好きな公達《きんだち》でもあるのか」

と問いただした。そのつど、冬子はだまってくびを振った。

生来の気うつなのだろう、その根をさぐるほうが愚かかもしれない、と法親王は思ったが、しつように尋ねかさねたあげく、ようやく内親王の小さなくちびるから、ひとりの男性の名をききだした。

「それは、大坂におわします」

「おお、大坂道修町の人参仙女円に養子に行った高野ノ少将則近なのか」

法親王はおどろいた。

「じつは麿も、思うことがあって、少将を京へ呼んでいる。粟田の青蓮院で会うことになっているのだが、これは都合がよい、そなたの気うつの根は、少将則近じゃな」

「あ」

冬子は、自分が思わずもらした名まえが、義兄の宮に意外な連想を生ませてしまったことに気づくと、おびえたようにかぶりを振り、

「いえ、わたくしは、高野ノ少将を存じませぬ」

「ほう、知らない？　知らない人を恋していたのか。おどろいたお人だ」

「あまりきびしゅうお問い詰めになりましたゆえ、つい……」

「心にもない名まえをいったのか」

「いえ、あのう、心にもないことは……」

「わからぬなあ、そこが」

「御所で、むかし二度ばかりかいま見て……」

「好きになったのじゃな」

「……」

「でもないか――。手の焼けるお人だ。しかし、麿は医師《くすし》ではないが、宮の気うつの根のありかがどうやら解けたような気もする」

「でも、高野ノ少将ではございませぬ」

「そうだろう。しかし宮よ。すこし酷かもしれぬが、宮はただばく然と男がほしいのだ。それも、たまりかねるほどにほしい」

「あ。そのように……」

「だまって。宮自身が答える責任はないからね。自分に気づいていないことなのだ。――女が男を、男が女をほしいと思う情ほど、人のたえがたいものはない。しかも、いっぽうで宮の場合は、生きものとしての男がおそろしくてたまらない、男にさいなまれたい情と、それにおびえる情とが宮のなかで異常につよく、しかも両すくみになっている。気うつになるのもむりはないことだ」

「では」

内親王冬子は声をのみ、

「どうすればよろしいのでございます」

「う？」

法親王は微笑を消した。憑《つ》かれたような目が、燭台の灯影でかがやいていたのである。視線をゆっくり妹宮のひとみのなかに食い入らせて、

「まずかいどりをぬがねばなるまいな。緋綸子《ひりんず》のあい着をぬぎ、下着をぬぎ、白い襦袢《ひょ》をぬぎ、黒いあい帯を解き、最後に紫の腰ひもをといた宮を、医師《くすし》である麿にまかせてもらわねばなるまい」

「ああ」

妹宮は、いま犯される者のように身をよじらせて突っぷせ、しばらく激しい息づかいとともに背を波うたせていたが、やがて聞きとれぬほどの小さな声で、何かいった。法親王はひざをにじらせて、耳を妹宮のほおによせた。

「申したか」

「……」

「よい、のじゃな」

妹宮の白いうなじが、かすかに下へたれ、やがて声のないおえつに変わった。

3

「東福寺でござる」

なるほど、右手に長い築地《ついじ》べいがあった。京がちかい。しかし、ここまでくれば左手に聞こえるはずの鴨川《かもがわ》の瀬音がなかった。

「耳を澄ましてご覧《ろ》うじろ」

少将則近の疑問を敏感に察した名張ノ青不動は、底響きする声でいった。いわれてみると、闇の底から、群鳥の羽音のような水のせめぎが響き渡ってくるような気もする。

前を、青い火が浮遊しながら、先導していく。

においがする。雨を含んだ蓑《みの》からたちのぼっていた。

青不動が、墨染めの百姓家を起こして買いとったものだが、体温に暖められて首まわりからにおいたつそれは、農夫の汗や体臭といったものではなく、どこか、舌あまい芳香といえるものだった。

青くまたたくような水銀の燐光が行く。

「ああ」

少将は、小さなあくびをもらした。目をつぶっている。ねむい。眠りながらもまぶたの底に火だけはみえた。まぶたのなかの火さえみつめていけば、あやまたずに道が踏めるのがふしぎだった。

呪縛の糸が、闇をぬって少将の足首にからんでいるようであった。足だけが生きていた。からだじゅうが、こころよい酩酊のなかにひたっていた。

道が、登りになった。

京の市中には坂がない。ふだんなら当然気づくはずのものを、少将は蓑のなかでふところ手をしたまま、ゆうぜんと山道をのぼりはじめた。蓑のなかには、すでに高野則近はいない。

前をいく火が、二つになった。五つになり、ときには一列になり、ときには少将の前後をかこんだ。少将は気づかない。

火をもつ黒い影のひとりが、そっと、

「御所様」

と少将の耳もとでささやいた。

少将は答えなかった。田植えがさの下から、かるいいびきさえきこえた。

黒い影のむれのあいだに、声のない笑いがつたわった。

4

侍女がもすそをひいて最後の膳部をはこびおわると、御簾のなかのほ
あかりは、ただふたりのものになった。

「あなたさまは」

「右近衛少将高野則近」

則近は、ゆっくり杯を口もとに運んでいうと、ふと気づいて、

「そなたは？」

「名はございませぬ」

「いいだろう。名ほど、人間を不自由にするものはない。世にある者の名をぜんぶ消してしまえば、どんなに住みよくなるかしれない」

「ついでに、世にない者の名もいっしょに」

「ほう。すると――」

「わたくしは、世にございませぬ」

内親王冬子は、急にあかるい表情になった。

「ここは？」

「よみのくに」

自分の口調に気が楽になったのだろう、まるで歌うようにいった。

「すると、わたしも死んだことになるのだろうか」

「もちろん」

「なるほど、身が羽化してしまいそうにかるい。死者のいく天は、九つあるというが、われわれはどの天にいるのだろう」

「兜率《とそつ》天……」

「ああ、聞いている。その天では、男女は手を握りあって淫事を果たすという」

「手を？」

「出しやれ」

内親王がさし出した手を、やにわに少将則近は引きよせると、ひざのうえにねじふせ、

「狐狸《こり》」

と、声を押えていった。

「えっ」

「則近はまだ狐狸の味を知らない。ずいぶんとこくの濃いものときくが、この夜をさいわい、味わいつくしてやろう。逃げるでないぞ」

「あっ、それは」

「食おうとはいわぬ。人界の男と交われば、狐狸も劫《ごう》が満つるというぞ」

則近は御簾の中で女をだきあげると、

「ふしどを申せ」

「松鯉《しょうり》のふすまを」

女は、絶え入りそうに言った。

則近は両腕に女を抱いたまま、金地に水墨で松鯉をえがいたふすまをけあけると、廊下に出た。

「つぎは」

「猿猴《えんこう》のふすまを」

サルが水面にうかぶ月を取ろうとする図が、そのふすまいっぱいにえがかれている。

手をもちそえてあけようとしたとき、女はふるえながら則近の胸へ顔をおしつけてきた。

「待って」

「おそい」

「狐狸ではない、わたくしは人じゃ」

「似たようなものだろう」

あけると、すでに明かりが用意されていた。

則近は、白いふしどのうえに女をうずめ、片手をふところに入れたまま、女のややせた胸を、そしてすそのみだれをみた。

すくむように、女の白いはぎがしずかにうごいていき、やがてふたつのはぎが密合したとき、則近の手がツとのびて、すそにかかった。

「慈悲さ」

白いものが、すそのうらにかくれた。

則近は、部屋のなかをじゅうぶん見定めてから、ほおを灯に近づけ、ほッと吹き消した。

「うっ」

女の元結いがきれて、髪がたたみの上にこぼれ散った。則近のくびにまつわりついてくる女のかいなが、かなしいほどにたおやかだった。

のど奥に女の歔欷《きよき》の声が蒸れはじめたとき、女はようやく大胆になった。かみしめた奥歯をほどき、

「あ、あたくしは」

「狐狸ではないのかね」

「ございませぬ」

「さきほどは死者でもあったようだ」

「則近様」

背にまわした女の指が、つめをたてるほどに堅くまがった。

「わたくしは、世を終えるまで則近様とこうしていたい」

「キッネつきというわけだね。狐狸なら苦にならない。しかしこの所に」

「あっ」

「尾がない」

則近は忍びわらって、そっと女のからだをはなすと、

「どうやら、この屋敷のまわりに狐狸の眷族《けんぞく》が満ちているらしい。身じたくをせい。案《あ》内《ない》をしてもらおう」

「参ります」

女は、小そでを素膚の肩にかけると、そのまま及び腰になって火をつけ、ふりかえっておどろくほどあでやかに笑った。

「生涯、狐狸のおつもりで愛してくださいますかしら。いけません？」

「化けそこなわないかぎりはね」

庭へ出ると、雨はあがっていた。

佩刀をつかんだまま、少将則近はうっそりとぬれ縁に立っていたが、やがて、

「青不動」

とひくく呼んだ。

「これに」

柱の物陰から、ヒキガエルがいざり出るようにして遠くにうずくまった。

「やはり、そこにいたか」

少将は、ゆっくり近づくと、刀のこじりを青不動の首すじに当て、

「わたしをめくらましにかけたつもりだろうが、途中からさめていた。成敗すべきところ」

少将は、こじりに力を入れた。青不動は、縁のうえにあごをのせてけんめいにたえた。

「技量のつたなさに免じてゆるしてやる」

「おそれながら、お庭を」

少将は、庭をみた。

「おそれながら、お山を」

庭はそのまま清閑寺の傾斜になって、黒い空へのぼっている。凝視すると、闇のなかに淡い狐火がうかんだ。いくつも群れ、しきりと動いている。

「御所様を華胥《かしょ》の国に案内《あない》つかまつろうとしましたるところ、途中で邪魔だてがはいり、じゅうぶんには果たせなんだ。あずまの雅客《みやびきゃく》じゃ。いま配下が探索してござる。さて、この場所で長居は無用。そのままお立ちを」

ふところから忍びたいまつをとりだして、青不動は庭へおりた。

少将はその青い幻光をながめているうちに意識はしだいに伏見街道のそれにつながっていき、再び足だけが生きて、そっと、庭の冷たい土をふんだ。

青不動の火が、高く低く、闇の中空に浮遊した。夜明けまでに粟田へ出るつもりらしい。

落ちた印籠

1

祇園《ぎおん》の夜は、この禅のクスノキの陰からはじまるといっていい。クスノキの巨樹をかこんで松の林があり、さらにその林は、ながい練べいによって縁どられていた。臨済宗大本山建仁寺の境内である。

林の下草は、枯れるにまかせてなぎ倒されており、すでに露がつめたい。

「うしろは」

少将則近は、ささやいた。

「三人かな」

肩をならべて歩いている百済ノ門兵衛は、

「あいつら、手ぶらでつけてるわけやないやろ。あんさんを斬る気ィだんな」

にッと歯ぐきを見せた。

「うれしそうな顔をするな」

「広い境内だすなあ。闇がぼたぼたたまっとる」

なるほど、暗い。

五条大橋から東山高台寺へ至ろうとする者は、まれに建仁寺本山の小門をくぐって、荒れはてた境内をななめに抜ける。少将則近と百済ノ門兵衛とが、ことさらにこの境内にふみ入れたのは、五条大橋を渡るころから見えかくれにつけてきている尾行者を、このへいにかこまれた袋の中に誘いこむためだった。

「しかし、何者やろ」

「やはり、先夜の筋だろうな」

「先夜？　わしは、ゆうべ大坂からのぼったばかりでさっぱり事情がわからしまへんがな」

「公儀隠密か所司代の放免《めあかし》さ。尊融法親王はよほど幕府《あずま》からにらまれているらしい。わたしは早晩やつらに斬られるね」

「お気の毒に」

門兵衛はふところ手をしながら、うそうそと寒そうにいった。

「おまえのような商い侍の目からみればなるほどわたしは気の毒なものだ。法親王の密謀は帝《みかど》もご同腹らしくてね。幕府の床下にこっそり火種を仕掛けようというものらしい。まさか、こう尊攘論がわきたっている時節柄、帝や親王には手をかけられないから、せいぜい、手足をたたき斬ってやろうというわけだろう」

「手足とは」

「わたしだよ」

「あんさんがねえ」

うそうそと闇をひろって歩いていた門兵衛は、小門をくぐろうとしたとき、にわかに目を光らせると境内の中央にあるクスノキの厚い陰を指さして、

「あの陰で待ってまッさ」

「どうするのかね」

「格好の暗がりとりでや。うしろのやつらもあれに目ェつけよるやろ。あそこに逃げこむか、あそこで待ち伏せよる。わてェは、先ィ待っている」

「待っていて？」

「あとは知らん」

この男の腕のすごみは、難波村赤手拭ノ森の決闘でじゅうにぶんに見せられているのだが、いったいどういう真意で大坂での商いを捨ててまで則近に付き従おうとしているのか、その腹の底までは測りきれないところがある。

「おまえ、逃げるんじゃあるまいな」

少将がわらうと、

「あんさんが斬られたあとならな」

笑いかえしながら、ひょいとすそをからげ、二、三歩ふみだし、五歩あるいて闇に溶けた。

月はまだ上らない。しかし、法堂《はっとう》の尾根の大勾配のうえには無数の星明かりが群がっていた。少将は、手を出して闇の深さを確かめてから、すばやく白い布をとりだして、ほおをおおった。布のはしをあご下に締めおわると、下枝のよく茂った松をえらんで、その根もとに腰をおろした。

2

待つほどもなく、小門から影がひとつ境内へはいってきた。

「ここだよ」

少将が間のびをした公家声でいうと、影が、ぎくりと足をとめた。

「ひとりかね」

口笛で犬でも呼ぶように、しゃがみこんで手招きした。

闇をすかすと、存外に小がらである。おとり役なのだろう。ほかのふたりは、山門の屋根か、塔頭《たっちゅう》のへいでも乗りこえて、この闇のどこかに身を沈めているのにちがいなかった。

「仙女円の養子――」

妙に作った声で、男は低くいった。

「ああ、考えたなあ」

少将はシンから感心した声を出しながら、いっぽうでは指をうごかして、腰に用意した火縄をつまみ抜くと、

「その名でわたしを斬ればあとぐされはなかろう。しかし、仙女円の養子がなんのために殺されねばならないのかね」

軽く息をつめ、ほッと火縄につもった灰を吹きおとした。赤い火芯が、ポツリと闇にうかんだ。男はそれを飛び道具と早がてんしたのだろう、はっと身をかがめるのへ、

「ああ、いいんだ。鉄砲じゃない」

たばこ入れのさやをぬきとって、かわいた音をたててみせ、

「たばこだ」

といった。そのくせ、きせるには火をつけない。

少将の右肩へ、松の下枝がたれおりている。すばやく枝へ火縄を掛けると、うしろへ飛びさがった。火縄から、一間のへだたりはある。

男からは、少将の動作は見えなかった。ただ、目の前の闇に、火縄の火芯のみがうかんでいた。微風がきた。火縄は、生ける者の手にあるように、かすかにゆれはじめた。

あたりにたばこのにおいの漂うのは、べつに子細はない。火縄に、たばこを練りつけてあるからである。

きわめて簡素ながら、この奇妙な迎撃装置は、少将が名張ノ青不動から教わった火遁《かとん》という詐術のひとつだった。

「……」

男の影が動いた。刀を抜いたのだろう。しかし用心をして足を踏みださない。

「ちッ」

不意に闇からわきあがった影は、男のそれではなかった。あたらしい影は、たばこ火と錯誤した火縄にむかって猪突したまではよかったが、その黒い刃は枝と火縄をななめに斬り落としたまま、声もなく地上に倒れた。

両断された火縄は、地上の闇にころがっている。倒れている影は、当然、少将とみたのはむりもない。

「もうよい。ひきあげろ」

闇から出てきたもうひとりの影がいった。

「ち、ちがう」

最初の小がらな男が、うめくようにいった。

「そ、そこに……」

「そう。わたしはここにいる」

少将の落ちついた声が、闇の底でのんびりと響いた。

3

門兵衛と青不動のあいだに、塗りのはげた燭台が一つあった。

東山高台寺の子院待月庵の一室である。もともとは尼寺だったのが、久しく無住のために荒れはてて、ろくにふすまもない。伊賀から尊融法親王によばれた青不動が、本寺には無断でかれの京住まいに使用していた。

畳のうえに、みごとな高台寺まき絵の印籠が、小さな影をおとしている。鶴亀がえがかれ、紋所はなかった。青不動は、トンと手のひらにのせて、

「これは落ちてござあったのか」

「くどいな。いま話したクスノキのそばに落ちてたンや。どうせ、あのくせもののうちのひとりの所有《もの》やろ。だいぶ金目のもんや。捨て値で売っても二両はするでえ」

「売る？　おぬしが」

「あほかいな」

門兵衛は、せせら笑った。大坂道修町の小西屋総右衛門から頼まれて少将則近をたすけようとするこの男は、尊融法親王の命でおなじ則近に付き従っている名張ノ青不動と

は、会ったその日から、どこかウマがあいそうにないと思っている。

(伊賀の軒猿ふぜいが……)

と見くだしている腹の底を露骨に顔にだして、

「わいは、な」

「わい？　武士がわいということが、ござあるまい」

「軒猿が武士かい」

「れっきと」

「ほう、れっきと武士かいな」

「人は遠けれど、そのかみ天武天皇の忍者として仕えし御色多由也《おいろたゆや》を術の祖とし、平氏の一門にて屋島の合戦ののち伊賀に土着せし伊賀平内左衛門尉家長を人の祖とす。伝えて、伊賀二百二十一家は、れっきとした地侍でござあるわい」

「どろぼう侍にも系図があるとみえる」

「あきないい侍よりも、武士らしゅうござあるぞ」

青不動もなかなかいうが、大坂の商い場で鍛えた門兵衛の口にはかなわないようだ。

「こんなもの」

門兵衛は印籠をつまみあげて、

「たかが二両の値うちのもんを、百済ノ門兵衛ともあろう男が商うかい。これでも、本場の船場島之内では千両商いの下をかいくぐってきた男や」

「刃《やいば》の下をくぐらずにな」

「人殺し。人聞きのわるいことをいうな」

「わるい？　なにがわるうごザある。武士は一に殺《さつ》、二に盗《とう》と申すぞ」

伊賀の草深い郷士の家に育ったこの名張ノ青不動は、いまだに武士の理想を戦国はなやかなりしころに置いているらしい。徳川の世がゆらぎつつあるとはいえ、こういう物騒な男に伊賀の山里からはいだしてこられては、二百余年にわたる太平を楽しんできた町や村の武士百姓町人はたまったものではない。

ところで、問題の印籠である。

建仁寺境内で尾行者の襲撃をうけたとき、少将は火縄の詐術でひとりを斬り、百済ノ門兵衛が考えた作戦のとおり、ほかのふたりはクスノキの闇だまりへ逃げこんだ。

これを暗がりとりでという。人を吸いこむ。逃げる者の足は、当然の心理として、より深い闇へ吸いこまれてしまうものだ。

待っていた門兵衛が、はねあがってふたりの腕をつかみ、いっそ同時にとらえようとしたのだが、男のうちの小がらなほうが身をかわして抜きうちに斬ってきたため、やむなく門兵衛は左手で捕えている男を足掛けにして転倒させると同時に、右手でわきざしをぬいて小がらな男の下胴を払った。

片手打ちで、力が及ばなかった。それと、男は鎖帷子《きこみ》をきていたらしく、きえッと声を残しただけで、闇に消えた。

逃がした。転倒した男が、起きあがると同時に小男を介添えして消えたらしい。

4

「門兵衛どのは、印籠のひもを一本斬っただけでござある」

青不動は、小さな目をあげて、不足そうに少将則近を見た。

則近は、建仁寺境内から帰ってから、夜明けまでこの軒猿の隠れ家の一室で眠りをとっていた。隣室の論争に目をさまして起きでてみると、門兵衛はあごをなでながらニヤニヤ笑っているし、青不動は背をまるめて、かれにとっては不可解な生きものとさえみえるこのあきない侍をながめている。

「この印籠の一件かね」

少将はむぞうさにひろいあげると、

「わたしはさっき中身をしらべてみたのだが、薬ははいっておらずに、歓喜天像《かんぎてんぞう》がはいっていた」

「いや」

どうやら青不動にもときには抜け目があるらしい。

「像ではなく、米、一つぶでござるが」

「それに何か細かく描かれているだろう。天眼鏡で透かせばみえる。わたしには見えないが、青不動は軒猿だから、念をこらせば見えるはずだ」

「妙な目やな」

門兵衛が、横であざわらった。しかし、青不動は相手にもならず、畳の目のうえにその米つぶをおいて、じっとながめていたが、やがて、

「ひッ」

のど奥でうめくと、顔を赤くした。

「みたか」

「いかにも」

視線をそらしているが、目の下だけはあわれなほどぎらぎらと赤く脂《あぶら》ぎっていた。

「それが、歓喜天という仏像だ」

「さようか」

なんとなく、声がかぼそい。青不動は、人の心の虚にすむ忍者でありながら、存外うぶなところがあって事がこうなると身のうちがすくむのだろう。

歓喜天は、ただしくは大聖歓喜自在天《だいしょうかんぎじざいてん》という。男女合歓の頂点こそ仏道における悟達の境地とかわらない、という古代インドの思想からそれを仏天にかたちどらせたものだ。

男天は、毘那夜迦《びなやーか》というインドの魔神であり、女天は十一面観音とされ、観音は歓喜の相をあらわして組みしかれている。

古来、この仏は人間のいかなる願望もかなえるといわれ、天台、真言の密教では、修法のときには、かならず別壇をつくって祭ったものである。たとえば蒙古来襲のときなども、宮中の壇に歓喜天を併祀《へいし》して怨敵降伏《おんてきこうぶく》の祈禱をしたほか、上は天子から下は庶民にいたるまで、延命、病気平癒、出産などの密教祈禱には、この歓喜天を欠くことはできない。

もっとも、いくら効験のある霊仏といっても、その肢体《したい》は少々なまなましすぎた。ことに青不動が見たそれは、米つぶの白さを膚とし、輪郭は毛筆で細くえがかれ、しかもあかい点を加えて彩色さえされているのである。まばたきをとめ、瞳孔をちぢめて視力をこらすと、ときには男仏がおどり、ときには女仏がうごめくようでもあった。

「軒猿」

門兵衛がいった。

「なんじゃい」

同輩であるはずの門兵衛から、頭ごなしに呼びすてられるのは、心外なのだろう。

「京に天台宗の寺院が何カ寺あるかはしらんが、そのほとんどが歓喜天を祭ってるやろ。おまえ、それを片っぱしから調べてみたらどうや。そのうちではやり寺をみつけるこっちゃな」

5

「玄興院――」

少将則近の目がキラリと光った。

「鹿《しし》ガ谷《たに》の」

「いかにも」

青不動が、うなずいた。

「ご苦労はんやった」

門兵衛が、またしてもあるじづらをする。

「玄興院といえば、たしか廃寺だが」

少将がいうと、

「御堂の屋根さえ朽ち落ちてござる」

「そうだろう。そのはずだ」

少将は、寺号に記憶があった。

洛北鹿ガ谷玄興院というのは、もともと天台宗の末寺で、宮廷の祈禱寺としてささやかながら数百年つづいてきた寺だが、ちかごろは天台の寺籍を削られ、住職もおらず、寺領もない。

少将の記憶では安政五年の春のことだ。時の住持の恵雲《えうん》という僧が、罪状不明のまま京都所司代の検断をうけ、江戸に運ばれて八丈島に遠流《おんる》されたあげく、ほどなく病没している。

罪状は、世間ではさまざまに取りざたされたが、当時の公家仲間のうわさが、ほぼ真相に近かったろうと少将は思っている。十三代将軍家定への祈禱が原因だった。

もともと家定という人は常人でなく、生まれつき体質が虚弱で、気力にとぼしく、言語機能さえ欠いていたといわれる。ついに病を得た。

当然、幕府の官寺である東叡山寛永寺が平癒の祈願にあたり、京の宮廷でも恒例により幕府への儀礼的な配慮から、時の天台座主尊融法親王をして加持祈禱《かじきとう》の手配をさせた。尊融は、まえに登場した粟田ノ宮である。

「余僧を近づけるな」

尊融法親王は、祈禱にあたる玄興院の恵雲に密命したという。修法の型の一つにすぎないのだが、これがのちに疑惑をまねいた。

不幸にも、家定は病没したのである。恵雲は、平癒の祈禱といつわって、じつはひそかに将軍の命をちぢめる修法をぎょうじ、しかも家康の子孫の絶滅と幕府の崩壊をいのったという。

　恵雲はとらえられ、寺はこぼたれた。

　もっとも少将は、この事件を表からばかりみていない。ありようは、幕府の尊融法親王に対する恫喝であったろうとみている。それほど、法親王の護王運動というものは、当時の幕閣の主宰者であった大老井伊直弼にとって目にあまるものであった。幕閣にすれば、罪もない恵雲をいじめることによって暗に諷したつもりだ。これ以上ずに乗ると累が直接身辺におよぶぞ、というなぞを法親王にかけたものだろう。

「いずれにしても、その祈禱寺は廃寺になっているはずだ。その廃寺に、なぜ信者がむらがっている」

　少将は、不審そうに青不動にたずねた。

「いや、信者らしき者はおり申さぬ。ただ一日じゅう、人影がちらちらと出入りして、なんとのう妖気がゴザあってな」

「ああ」

少将は、小さく叫んだ。

「雅客の巣になっているのか」

直感で、べつに根拠はない。しかし、淀城下の水上で襲撃をうけて以来、きょうにいたるまで二度にわたって刺客に襲われているのだ。自分のおかれている事態の見通しに、じゅうぶん敏感になっているのである。

「粟田の尊融法親王というのは、幕府《あずま》にとって鬼門すじなのだ。幕府はつねにこの宮の手足をもごうとしているようだから、わたしも玄興院の例のように、いずれ刺客の手で消えてしまうことになるだろう。まあそれはとにかく、京へはいりこんでいる相当数の雅客の巣は、いま所司代の寺社方の手で管理されている玄興院とみた。この勘にくるいはあるまい」

「おおせのごとく」

青不動は、頭をさげた。

「生米《なまごめ》に歓喜天像を描いて、護摩壇の火に投じつつ修法をぎょうずるというのは、玄興院のみの伝統の作法であったと申す。あの印籠に収められていた生米は、おそらく廃寺の護摩壇に残っていたものの一つぶでごザあろう。しかしながら」

青不動は、くびをひねって、

「あの刺客が、なにゆえにそれを所持していたのでござろうか」

「たいそうに考えるほどのことはあらへん」

百済ノ門兵衛は、水をかけるような調子でいった。

「あの女が、すけべえやさかいやがな」

「あの女？」

少将が、門兵衛をみた。

「そうだす。わしが左手でつかんでいた小がらなほうは、たしかに女やった」

「なぜそれを先にいわない」

「いうたら、こいつが」

青不動のほうをあごでしゃくって、

「うるそうおますがな。あほらし。逃がしたのが、おまけに女やったとなると、何をいいよるかわからん。あれはな、はじめにつかんだところがぐにゃりとしとりましてな」

「どこが」

「あら、乳だす」

6

京における雅客の動静がつかめない。

青不動は、二、三十人以上はいるだろうとみていた。しかし門兵衛にも、しろうとながら意見はある。

「せえぜえ、十人やろ。なにぶん人を出すのも金のかかるこっちゃさかいな。年々貧乏しとる幕府が、そんなに銭あるかいな」

ただ知りたいのは、人数よりもまず、どこを本拠とし、どんな生活を京で営んでいるかということだった。青不動はいった。

「町住まいの者が半ばでござありましょう。たとえば、御所や公家出入りの御菓子司の手代に住みこんでいたり、女官の御里御所の下働きに仕えていたりしている。それがときどき玄興院に集まっては、聞きこんだ話を交換する。本隊はやはり、二条城か、下長者町の所司代でござありましょう」

「ほなら、襲うか」

門兵衛がいった。

「二条城でござあるか」

「あほかいな。合戦やあるまいし」

「いや。われわれ軒猿にとっては、城攻めなどは一人《いちにん》半人でもできもうすぞ」

「相手も軒猿やろ」

「先祖はおなじでも、江戸の町で父祖二百年白い扶持米で暮らしておるゆえ、わが伊賀の山でなった下忍には及び申すまい」

「青不動」

少将は佩刀をとって、たちあがった。

「とにかく、虎穴《こけつ》に入らぬと虎の様子がわかるまい。今夜玄興院へまいろう。門兵衛は留守をしているがいい」

7

南禅寺、永観堂、若王子《にゃこうじ》の宮、霊鑑堂、法然院へとつづく東山の山麓の小みちを北へいくと、大文字山のふもとに鹿ガ谷玄興院の廃墟がある。

山あしが、小みちに迫っている。廃墟へは、枝道をひだりに踏みおりるわけだが、シダのしげみがふかい。

日が西のほう嵯峨の山々に落ちようとしていた。

「あれに」

青不動が指さした。

築地がくずれおちている。だれがはぎとったのか、庫裡《くり》の屋根にはかわらさえなく、ただ北東の鬼門かどに建てられた小さな堂のみが形をのこして、かろうじて寺の廃墟であることが知れた。

「寺が朽ちると、鬼気がのぼるものだ」

少将はつぶやきながらも、おそれるふぜいもなくすたすたと築地の根まで歩き、ひょいと四脚門をくぐった。

青不動は、従わない。

少将をべつの場所から外護《げご》しようというのだろう。ネコのような姿勢で築地のくずれからはいりこむと、地に身をかがめ、土のこけをかき払って地膚に耳を密着させた。

鬼門の堂は、大聖歓喜天をまつるそれとみえる。

堂の前へいってから、はじめて少将は足をとめ、そっと左手の指を刀に触れて、さりげなく鯉口《こいぐち》を切った。

きざはしを風のようにのぼった。

とびらをあけはなつや、

「出ろ」

ひくくいった。いらえがない。

薄暗くはあったが、あやめもわかたぬというほどではなかった。

人の気配はない。

目が、ようやく乏しい光線になれた。

須弥《しゅみ》壇がある。

暗い天井からたれおりている荘厳《しょうごん》の金属が、にぶく光ってかすかな風にゆれていた。

「うっ」

少将は声をのんだ。

須弥壇のうえに、等身大の仏像があった。歓喜天の男仏である毘那夜迦《びなやーか》が、怪奇な象頭を南にむけて、凝然とすわっていたのである。

「歓喜仏か」

安堵が胸をおりようとしたとき、褐色の毘那夜迦が組み敷いている白い女仏の十一面観音が狂ったように笑いだしたのだ。

笑いは堂内にこだまして、複雑な音階をつくりつつ少将の皮膚をなでまわった。少将はただ息を殺して立ち、その異変にたえた。

好色・十一面観音

1

「貎下《げいか》――」

少将則近は、粟田の青蓮院御所の一室で、二品親王粟田ノ宮（尊融法親王）と対座しながら、顔色をあらためていった。

「自分のおかれている環境が、なにがなんだか見当がつかないというのも、妙なもんですな」

「少将でもそんなことが気になるのかえ」

宮は、からかうように顔をのぞきこんだ。

「まあね」

つりこまれて、少将も苦笑した。ふたりのあいだに、年齢や位階をこえた親しさがあるのは、公家仲間でものんき者で通っている則近という青年を、粟田ノ宮は、まだ則近が童直衣《わらべのうし》を着ていたころから愛していたからであろう。

「思いますね。いくらのんき者のわたしでも、こう毎日命があぶなくてはやりきれない。いや、それはいいとしても、いったいなぜ、こうやたらと刺客がわたしの身辺に寄り集まってくるのかがわからない。そこんところがこまる」

「麿《まろ》の身代わりさ」

「すると、影武者ですか」

「そうじゃない。麿が青蓮院の持仏堂でおとなしくお経をよんでいるかぎりは、幕府《あずま》もなんともいわないのだが、なにか動きだすと、探索方や刺客があらわれる。ただし麿にではなく、麿の手足に対してだ」

「とにかく、わたしをなににお使いになるおつもりなのです」

「そこに人がいるね」

「ああ、あれは」

少将則近は、部屋のすみに立てられているびょうぶのかげをちらりとみて、

「百済ノ門兵衛といいましてね、おかしな男なんですが、根のわるくないやつです」

びょうぶにさえぎられて、ここからは門兵衛の姿はみえない。

「なぜ、びょうぶのかげなぞに隠れている」

「青蓮院に行くといいますとね、わしもいっぺん宮はんの顔を拝みたい、というんです。この部屋の横に中庭があれば白洲にすわるところですが、庭がないために、やむなく同席の非礼を避けるために、ああやってびょうぶをからだに巻いて息をひそめているわけです」

「気味のわるい男だな」

「お話を」

「いいのか。門兵衛とやらは」

そのとき、びょうぶのかげから、門兵衛の声がたちのぼって、

「どうぞ、いかようにも」

「世話はないな、当人が請け判を押している」

宮は苦笑して、

「くわしくはおいおい話すが、とにかく日を選んで江戸へたってもらいたい」

「江戸へ？」

「それも右近衛少将高野則近としてではなく、無冠の布衣としてだ。まず身分をかくし

てもらわねばならないし、さらには、たとえ道中で命を落とすことがあっても、名もなき庶人として死んでもらうことになるだろう」

「あまりいい役回りではないなあ」

「朝権回復のためには、かわいそうだが、公家のひとりやふたりは死んでもらわねばなるまい。ただこまるのは、尊融法親王が江戸へ公家密偵使をつかわすということが、幕府にもれているらしいことだ」

「らしいどころではない。そのために、数度にわたってわたしの命が消えかけている」

「幕府は、この公家密偵使を、企ての内容がわからないままに必要以上に恐怖しているようだ。これからも、あなたのくだる東海道は、剣光のふすまが立てならぶことになるだろうが、そのためには、青不動を従者につれて行ってもらいたい」

「ごめん。お話しちゅうながら」

声がして、門兵衛がふすまのかげからはいでてきて、

「百済ノ門兵衛、じつは渡辺門兵衛源等、嵯峨天皇二十七代の末陥でござる。代々摂津郷士として大坂に住み、いまは才覚を商うて世をすごすもの、このたびはわが取り引き先の小西屋総右衛門ともうす道修町の薬商人から頼まれ、少将則近公とともに地獄のは

てまでも同道つかまつる。はて、ひつれいいながら、路用の」

「なにかな」

「金は、小西屋総右衛門名代この百済ノ門兵衛が引きうけ申したぞ」

「……へえ、金主に」

粟田ノ宮尊融法親王は、門兵衛のながい顔をみて、あきれたようにいった。少将則近を公家密偵使に用いる費用は、宮の天台座主としての内侍費から流用しようと思っていたのだが、すいきょうにも金主があらわれた。親王や公家の火遊びに、大坂の町人ふぜいが金をだそうというのである。

「ところで」

少将は、話頭をかえた。

「鹿ガ谷の玄興院という廃寺をご存じでしょう」

「知っているどころではない」

「境内に、歓喜天の祀堂がありましたね」

「彩色等身の歓喜仏がまつられているはずだが」

「昨夜、その女仏の十一面観音が、男仏の下でうごき、わらっていた。近づいてみると、やはり冷たい木彫りの仏だ。いやな世の中になりましたね」

「少将」

尊融法親王は、ふと微笑をとめて、

「女に気をつけたほうがいい。あなたにはふしぎな魅力があって、女があなたをみると、ふとからかってみたくなるらしい。おそらくその女は雅客のひとりだろう。任務をわすれて、ついあなたの前でふざけてみせたのに相違ない」

「ご明察」

百済ノ門兵衛は、ゆっくりあごを引いていった。

「禁裡はんには、男でさえ戯れとうなるご人徳がある」

「いっとくがね。おまえはとくべつわたしに戯れすぎるよ」

少将則近はむくれた。

2

「あの女」

夜、高台寺の塔頭に戻ってきた青不動は、覆面をとりながら、少将にいった。

「どうやら、正体をつきとめ申した」

「十一面観音のことかね」

「さよう。おそらくあれが」

青不動は、まだ半ば自信がないらしい。

ここ数日来、日没になれば、青不動は市中に出かけて行って、京に潜入している幕府の諜者が巣を作っていそうな屋敷に忍びこんでは、それらしい背格好や身ごなしの女がいまいかと物色した。二条城をはじめ下長者町の京都所司代などは、ふつかがかりでかわやのとびらまであける入念さではいまわってみたがついにみつからず、今夜、会津屋敷に忍びこんでみて、ようやく青不動の嗅覚を刺激するような女をみた、という。

「やはり、武家だったのか」

「それも、ご家人ふぜいの家格の出のようではごザあらぬ」

「なぜ会津屋敷にいるのだろう。会津中将の家中の縁者なのかな」

「違い申そう。なんとのう、寄宿しているような様子でござったでな」

青不動が忍び入ったのは、夜ふけではなかった。屋敷が寝しずまってからでは、人別の探索はできないからであった。

定法どおり下女べヤから忍びこんで押し入れにはいり、天井板をはずして屋根裏へはいこむと、部屋の一つ一つを上からなめるようにながめていくのである。

会津の京都屋敷は、京の物情が騒然としはじめてから、京都留守居役の人数をふやすために、あらためてこの河原町丸太町に移築されたもので、急造の屋敷らしく、木口もあらく、棟数も多いとはいえない。

ひとわたりはいまわってから、青不動は庭の南のすみの、庭木のしげみにかくれている小さな数寄屋ふうの一棟に、まだほあかりがゆれているのに気づいた。

(念のために)

とぬれ縁に近づくと、明かり障子のすきまから、ほのかな香がながれている。

――棟が小さすぎた。

天井へはいこむための適当な隅べヤがなさそうだったから、やむなく青不動はぬれ縁に腹をはわせ、息をころした。

女がいる。

たしかに、女だった。ぬれ縁に耳をつけて心気を凝集することによって意識の下でしずかに内臓を溶かしていき、やがてその意識をさえ忘じはてたすえに、青不動の体腔は皮ひとえをのこして気化し、鼓膜をとおして流入してくる万象の音が、ときに間断し、ときに緩急しつつ、からだのなかに満ちてくるようであった。

女がひとり息づいている。その若々しい息づかいは、畳をながれ、障子のさんを越え、ぬれ縁をわたって、青不動の小さな体腔のなかで快い音律をくりかえした。

青不動は、からだのなかにもぐって、その音をとらえ、なで、手のひらにのせて重みをはかるうちに、音はしだいに形をおびて白い女の映像にかわっていくのである。

柄は、やや小さい。肉づきはうすく、皮膚は浅黒かった。目が張り、くちびるの肉に生気のしたたるような女体があざやかに現出してきたとき、

「だれ……?」

女の声がきこえた。

現実にもどった青不動は、すばやく夜気のなかにはねあがるとふわりと砂のうえに降りた。同時に手をあげて茂みの枝をはげしく揺すり、からだだけは右へ流れてぬれ縁の別な側にまわった。

女が、さっと障子をひらいたときは、その部屋明かりの光芒のなかには、すでに青不

動の姿はない。女がたてた音に乗じて、別な側の障子をひらいて、からだをさし入れていたのである。

女が、障子を締めて、ツとふりむいた。

目をあげたとき、部屋のすみに、黒い装束をつけた青不動がかるがると畳をふんで立っていた。

「女」

青不動は、手のひらのなかで手裏剣をなぶりながら、目だけで笑った。

「玄興院の十一面観音の本地をたずねて虚空を駆けまわったが、胎蔵界にもおらず、金剛界にもおらず、意外や、こういう白い畳のうえにござあった。——うごくな」

「そう……」

女は、道ばたで立ちばなしでもするようにさりげなく言った。

高雅とさえいえる立ち姿であった。年は、はたち前後だろう。乱れ髪ひと筋もない高島田が、淡い燭台の遠灯のなかでぬれている。よほど筋目のいい武家の娘とみえるのだが、きらきらとよく輝く大きなひとみが、青不動を直視しているうちに、ときに、色でいえば紫のもやがかかり、あるいは緑にかわった。青不動は、思った。

（並みはずれて、はっさいのおなごじゃな）

からだのなかに、えたいの知れぬ火がもえている。火が、いつも皮膚の下を焦がしていた。もみ消すためには、ふきあがるような行動が必要だろうし、それが奔馬に化するときは、すでに女の手にはたづながない。

（これはめずらしいおなごじゃ）

青不動がかってな想念をたのしんでいると、女は、ものうそうにいった。

「足をうごかさないで」

「なに」

「香合があるゆえ」

なるほど畳のうえに赤い毛せんが敷かれ、いくつかの香合がならべてある。女はひとりで、このしずかな夜を、聞香によってみずからの火をしずめていたのかもしれない。

「すなおにこたえてもらおうかい。汝は、雅客の女頭目というところであろう」

「ほほ、たいそうな」

女がわらった。

部屋の中が、一時に明るくなったような笑いかただった。

「べつに隠しだてはしませぬゆえ、帰ったらば、まっすぐに高野ノ少将におつたえ」

「少将……」

「ほほ、存じています。おまえが、青不動という名張在の伊賀者であることも。ところで、わたくしは、雅客とやらいう者の女頭目などではありませぬ。おそろしいことをいやる」

「建仁寺境内の闇討ち、洛北玄興院における奇怪なふるまい、すべてはおてまえでござあろう」

いつのまにか、青不動は女の気ぐらいにけ押されて、仰ぐような姿勢におちていた。

「存じませぬ。わたくしのいえるのは、少将を」

「御所様を、どうなされた」

「好きなだけです」

薄刃で料紙をそぎ切るようにいいおわってから、女はなにがおかしいのか、胸をおさえてけたたましく笑いはじめ、笑いおさめたときに、するどく青不動をみつめて、

「お帰り」

といった。

「――ただ」

「なんでござろう」

軒猿という、人の心の虚に住んで悪ふざけする心術の持ち主とはいえ、青不動は山家そだちのかなしさで、こういうての女は苦手なのだろう。

「少将に、お伝えなさい。子ノ刻……明夜のよ。鹿ガ谷玄興院境内までおいでであるように。わたくしがおそろしければ、お出いでなさらなくてもかまいませぬ。ただ、お供は無用になさいますこと、もし不浄をお連れあそばすときは、お命は請けあえませぬ」

「さようか」

青不動は、なんとなく消沈した声で答えた。

3

少将則近は、夜露にぬれた東山のふもと道を、ふたたび鹿ガ谷の小さな盆地にむかって歩いていた。

「禁裡はん」

うしろから、門兵衛が声をかけた。

「帰れ帰れ。帰らぬと、このがけから突きおとすぞ」

「そう意気ッてしもうては、話もなにもできんがなあ」

「御所様」

「なんだ、青不動も、まだいたのか」

少将はふりむくと、仲のあまりよくない門兵衛と青不動が、一つは大きく、一つは小さく、闇のなかで影をならべている。

「青不動、おれはね」

足をとめた。

「先夜、おまえにかけられためくらましがまださめきっていないようだ。これから鹿ガ谷へいくのは、ただ好色のためさ。あの妙な山の屋敷では、おまえのおかげで狐狸の味を知ったが……」

「あ。あれは」

「なにかね」

「こ、狐狸ではござり申さなんだ」

青不動は、闇でも目だつほどにふるえはじめた。

「なにをふるえている」

「おそれながら、あの夜のお女性は、内親王冬子姫におわしましたぞ」

「冬子姫……」

少将則近は、はっとした様子でしばらく闇の中で息をつめていたが、やがて、

「まことではあるまい、下郎」

つかつかと青不動のそばに寄り、力いっぱいほお骨をなぐりつけてから、

「二度とそのお名を口外すると命はない」

「は、はい」

軒猿は、地上に倒れながら頭をかかえた。

「門兵衛もここから帰るがいい」

「それは、こっちゃのかってや」

「どういうことだ」

「あんさんに死なれては、わしの商いがすたる。小西屋に出入りでけんようになるさかいな」

「かってにしろ」

少将は前方の闇にむかって歩きだした。

4

少将の予感では、その女こそ先夜来の刺客団の核心にすわっている者のように思えた。そうでなかったとしても、刺客団のなかでかろうじて顔を知りえたのは、あの女ひとりなのである。女に口を割らせることによって一挙にその背後の刺客団をえぐりとってしまいたい、というのが当然の本心なのだが、もっとも少将の心の片すみでは、

(まっかなうそさ)

とあざわらう声がある。暗い堂のなかで、男仏毘那夜迦にからまっていた女仏十一面観音のあやしい肢体を、もう一度この目で見確かめたいすきごころ、も、なくもない。

(好色は公家千年のお家芸なのだ。おれだけが自制する必要はないだろう)

少将は、境内にふみ入れた。

堂のとびらをあけた。

外陣の闇があった。

さらに、内陣の観音びらきをあけたとき、少将はにわかに目を細めた。なかは、星くずのように小さなろうそくが無数にきらめきここだけがもはや地上ではなく、須弥山のうえにある幻想の国に踏み入れたような思いがした。

須弥壇のうえに、彩色の仏像がある。両性合歓の頂にこそ仏陀の国があるという大聖歓喜自在天の抱擁像であった。

少将は足をとめて男仏を見、ついでその下に組み敷かれた女仏をみた。

無数のともし火がかもしだす影が女仏の肢体に複雑な陰影をつくり、どのすきまからはいるのか、風がともし火をなめるたびに、女仏である十一面観音の肢体が幻怪にうごめくようだった。

(もはや、あやかしの手には乗らないぞ)

少将は、ひとみをすえてその彫像をみつめ、さらにそのすみずみをなめるようにながめつづけたが、別条の異変はなかった。

ふッとおのれの緊張を笑おうとしたとき、同時に十一面観音も、小さな忍び笑いをあげたような気がした。

「右近衛少将さま」

「…………」

刀に手をかけてふりむいたとき、ともし火にかこまれて、たもとを両手にかかえたあの女が立っていた。

「ようこそ」

女は、ともし火のなかで、奇妙なほど明るく笑った。

「来はしたがね。わたしをどうするつもりなのだ。そのまえに名だけはきいておこうか」

「十一面観音女」

「ふざけた名だ」

「あなたは、毘那夜迦になっていただきます」

「用はそれだけかね」

「そうです」

「つまりおまえさんを抱けばいいのかね」

「くどいわ」

「どうやらことばをきくと坂東者らしいが、こちらは上方者でね、値をききただしたうえでなければ、手ひとつにぎれない。下世話にもただより高いものはない、というからなあ。それに名まえも産地もわからない品物はこまる。わたしはこれでもただの公家じゃない。大坂の道修町に養子に行ったことのある男だからな」

「逃げて帰ったくせに」

「よく知ってるね」

「大坂の八軒家からのおつきあいですもの」

「ああ、あの三十石船に乗っていたのか」

少将はまのぬけた声をだした。

「その服装で？　気づかなかったなあ」

「淀では、ずいぶんごちそうになりました」

「そうだったかね」

「おとぼけね」

「家伝のものだ、公家のさめほうけといってな。ところですなおに答えてくれないか。おまえさんは、いったい何者なんだ」

「うれしいわ。そんな無邪気なききかたをする人にはじめて会った。そのくせにちゃんとおとななのにね」

「ばかにしている」

少将は、この女にはどうやら歯がたちそうにないと思った。

武家娘らしく、えりもとを深くあわせて音のでそうなほど筋目だちのした着付けをしているくせに、どこでならったのか、町家の娘のような歯切れのいい口をきく。

「あなたも、雅客のひとりなんだね」

「さあ、どうでしょう」

けむるような目で笑った。

女が笑ったとき、急にあたりがくらくなった。

「どうしたのだ」

少将は、堂内を見まわした。東側の灯が、いっせいに消え、ついで南側が消えた。風がふきこんでいる。ろうと油煙のにおいが、薄暗い堂内の闇のなかに漂った。

「まあ、こまったこと」

まゆをひそめた女の表情が、少将がこの夜みたこの女の最後のものになった。一時に吹きこんだ風が、堂内のすべての光を奪ってしまったからである。順を追って灯の列を吹き消していったのは、なにかの合い図なのだろう。

「右近衛少将さま。あなたがお悪いんですのよ。むじゃきでいい人だけれど、すこしだらしのないところがあるのね。あれだけ念を押しておいたのに、あなたのまのぬけた御下従が、連れそって境内にはいったらしいわ」

「もっとも、あいつらは、あんまりまはぬけていないがね」

ことばだけを闇のその位置に残しおわると、少将は身をひるがえして、須弥壇の下にはりついた。

声の位置を交点に、火箭が交差して左右の壁に突き刺さり、矢柄が燃えはじめた。

「どこにいらっしゃるの」

女が妙に遠い声でいった。

「ここにいるがね」

いうなり、少将は須弥壇をめぐって位置をかえた。二筋の矢が、壇の板を突き通し、一本の矢がしずかに燃えはじめた。

「おかわいそうに。だけど、お約束だから、お恨みにならないでね。ほんとうは、わたくしのほうこそかわいそうなの。せっかく楽しみにしていた逢瀬が、こんなことになってしまったんですものね。少将、少将……」

女の声はさらに遠くなった。

「どこにいらっしゃるの？」

「ここさ」

こんどは少将は逃げなかった。矢の来る位置をたしかめたかったのである。

一瞬、少将は目をつぶった。一筋の矢が右そでを縫い、一筋は、首筋をかすめて燃えた。

（なるほど）

矢は、堂の天井の四すみから、射角によって交互にねらっているようだった、

少将は、その一すみの真下の闇に身をひそめて上を仰いだ。

透かすと、どうやら黒い穴があけられているようでもあった。少将は、そっと二本の小柄を抜き、一本をむぞうさに指ではじいた。

荘厳の金具を縫ってゆっくりはねとんだ小柄が、やがて床におちてかわいた音をたてた。

同時に黒い穴から、腕が出た。少将のもう一本の小柄が垂直にはねあがったのと、ほとんど時間の差がない。

どさりと、黒い穴から人が降ってきた。奇妙なことに、からだは床には落ちず、中空でとまった。

（縄をつけてやがったのか）

とっさに少将はその縄をつたわって、すばやく天井にはいあがると、すばやくはりの下をくぐって、あたりを透かした。

すみずみに火縄がうごいている。しばらくその小さな火をながめていたが、やがてその刺客たちのいちずな営みがおかしくなってきて、

「おい」

火縄の持ち主たちは、ぎくりとふりむいたようだった。

「棟に火がまわっているらしいぜ。逃げないと、とんだことになるぞ」

三つの火縄が、うなずき合ったらしい。火が一つ所に集まると、音もなく一本に流れて上のほうに吸いこまれた。屋根をはぐって穴を作ってあったのだろう。

（ふ。ねずみのようなやつらだ）

縄をつたわって下へおりると、縄の先にさきほどの死体がなかった。

(怪我で済んだのかな。自分で解いて、さっさと逃げてくれたのだろう)

「禁裡はん」

とびらがあいて、人影がはいってきた。

「どうやら、ごぶじでよろしおましたな。そのかわり、据えぜんは食いそこねた」

笑っている門兵衛のからだから、かすかに血のにおいがたっていた。

六条河原の門兵衛

1

その日の午後、華頂山の冬みどりにかこまれている粟田の青蓮院御所の前に、一丁の町かごがとまると、ぱっと明るい色彩がこぼれ落ちた。

「ご苦労はん――」

かご屋にいい、そろえたはきものに大いそぎで足を入れると、武家屋敷ふうの長屋門をもつ青蓮院の石段を見あげて、ちらりと舌を出した。

（禁裡はん、びっくりしやはるやろなあ）

大坂道修町の薬屋仙女円のめい娘お悠であった。

（嬢はん、待っとくなはれ）

かごあとをつけてきた供のでっち幸吉が、うしろで叫んでいるのもかまわず、お悠はとんとんと二、三歩石段をふみあがって、はっと足をとめた。長屋門の小門があいて、ゆっくりと上からおりてきた男がある。

お悠をみて、男の歯ぐきが、にッと笑った。

百済ノ門兵衛だった。

「お悠はんかいな。なんじゃい、唇《くち》ではァはァ息をついて。大坂からはるばる禁裡はんを追うてきたンかいな。――よっぽど、毎夜毎夜が寝ぐるしかったらしいなあ。いっぺん男の味をおぼえると、たまらんもんと見ゆる。禁裡はんも、このうれざかりの娘に、罪なことをしたもんじゃわい」

「なんや」

お悠はくちびるをつきだして、

「京へ来ても、門兵衛はんは相変わらず、けったいなお服装《なり》やなあ。お腰に刀が二本なかったら、まるで乞食《あわしま》はんだッせ。それに、そのお腰にぶらさがった袋は、いったいなんだすのん？」

なるほど門兵衛は、茶せんまげの着流し、しかも常時すそをからげている。左右の帯のまわりに三つの袋がぶらさがっていた。

「これかね」

一つを手のひらにのせると、ザラリと音がした。

「ぐっすり、小判が詰まっとるわい」

「もう一つは？」

「一朱銀のぎゅう詰めや」

「もう一つは？」

「青銭やがな。これがいちばん重たい。さげているとしりが冷えるようじゃ。しかし、京のような権式ばった土地にいると、この三つの袋だけが頼りでなあ」

門兵衛の歯ぐきは、意味もなくゲタゲタと笑い、そのたびにしりにぶらさがった三つの袋が、うれた秋なすびのようにゆれた。

この男は、大坂を出てから、この三つの袋を腰から離したことがなかった。ひとたび大坂の町を出れば、大坂者にとっては金だけが世間の通行手形ということを、ちゃんとりこうに心得ているのだ。

大坂地生りの郷士にとっては、無位無官の悲しさで、京のように格式だけで生きているような町ではまるで賎民あつかいされ、城下町みたいに禄禄高だけで人間の価値をきめる土地では、無禄無籍の大坂侍は武家としても扱ってもらえない。頼光の四天王のひとり渡辺ノ綱を先祖にもつ摂津渡辺党の大坂侍たちは、旅に出るときはもっぱら金だけを頼りにした。門兵衛は、装束こそ異様とはいえ、かれの同族のやりくちを忠実にまもっているにすぎないともいえる。

少将則近のうしろについて、京の宮家や門跡、公家などをたずねるときも、

「なにはともあれ」

といって、ごそごそと袋の中から金をつかみ出し、

「名物にうまいものなし、と申しますがな。大坂の町に生るものだけはちがいまっせ。まあ、手みやげがわりだす。味おうとくンなはれ」

ザラザラと手盆で渡してしまう。金というものはうしろめたく渡すから陰湿な臭気が生ずるもので、こう気安く出されてしまえば相手もなんとなく不得要領に両手にうけてしまい、

「なるほど、これが大坂の生り物か」

さも、めずらしそうにしげしげとながめて相づちをうつ。京へきてから、いまだ一度もこの呼吸がはずれたことがない。三つの袋は、百済ノ門兵衛にとって、名張ノ青不動の忍びの術よりも、ときには霊妙な通力を発揮した。

「乞食《あわしま》はんといえば」

門兵衛は石段をおりてきた。お悠は石段をあがっていく。すれちがって、

「あのこじきは、さきほどからいたか」

門兵衛は、石段の下の道のむこうを指さした。こじきがいる。わんを置いて、定法どおりこものうえにすわっているその男を、お悠は遠目でみて、

「あて、知らへんなあ」

まゆをひそめた。

「いたとすれば、あたずぶといやッちゃ」

「どうかしたの」

「ふむ、少将がな……」

「えッ、禁裡はんが？」

「身に異変があった」

「いやや。そんな――」

お悠はぞうりを鳴らして、門兵衛のそでにとびつきながら、

「はっきりいうて。禁裡はんが、どうおしやしたの？」

「なあに、たいしたことはない」

門兵衛は、この男にしては緊張しすぎる視線を道のむこうのこじきに注ぎながら、お悠をもう置き捨てた態度で石段をおりはじめた。

「知らん」

お悠はひと声ののしると、すそを両手で持ちあげ、ばたばたと石段をかけあがった。

2

「わたしか、息災さ」

少将がお悠をみていった。

相変わらず、ひじまくらでねそべっている。

あいさつはおろか、上洛の目的さえいわずに少将の部屋にかけこんできて、いきなり寝ている少将のからだにだきつき、

「いうて。どうおしやしたの？　お怪我？　どこが痛いの？」

やつぎばやにしゃべったお悠は、少将のことばに拍子ぬけがして、両手のやり場にこ

まった。

「それより、なぜ京へきたのかね」

「約束やもん」

「どういう約束だろう」

「あんな。——とぼけておいやす。これやさかいお公家はんはきらい。お裏はんにでも、お側はんにでも、してやるといわはったくせに」

「おどろいた」

少将はあわてて起きあがり、

「ほんとうに、そんなことを、わたしがいったか」

「ほんと」

いってから、お悠はくすッと吹きだし、

「——は、うそ」

「そうだろう。これでも四位ノ少将だ。筋目立った公家の蕩児というものは、女性と寝ても、寝ごとにもそんな約束はしないものだ」

少将は、偽悪ぶる癖があるようだった。

「まあ見とおくれやす。あてはきっとお裏はんかお側はんになってみせまッさかいな。……あのう、今夜」

「どうした？」

「どうもあらへんけど……」

お悠は、きらきらとよく光る目でけんめいにほほえみながら、目もとを染めた。

「妙なやつだな」

「薄情な男はん。おなごにいわせるなんて」

「わかっている。またねやのうそが聞きたいのだろう」

「いやや」

お悠がたもとで少将を打とうとしたとき、ふと床の間の壁にたてかけた少将の佩刀をみて、

「どうおしやしたの？　あのさや」

さやのちょうど腰車に密着する部分に一文銭ほどもある大きな穴があいていて、中から白い刀身がみえていた。

「ああ、あれか」

少将は苦笑して、お悠の顔を見あげながら、別なことをいった。

「石段のところで、百済ノ門兵衛に会ったろう」

「うん」

「門兵衛が教えてくれたはずだ」

「いいえ、乞食《あわしま》はんのほうばかりみて、だまっておいやしたわ」

「なるほどね」

少将はすこし考えこんだあげく、畳をとんとたたいて、

「そうか。あいつもこじきに目をつけたのか」

「なんのことやら、さっぱりわからへん」

3

ここ数日のあいだ、少将は雅客に付けねらわれることが、まったく絶えた。

少将の毎日は、江戸へくだるための多少の準備で費やされていた。宿所は、かれの保護者である粟田ノ宮尊融法親王が董する青蓮院御所の侍屋敷におき、今上《きんじょう》（孝明帝）の

密詔をもれ聞くために御所へ参内したり、関白近衛忠熙《このえただてる》に会ったり、岩倉具視らの血の気の多い少壮公家と密会したりして、このところ京の市中での動きが多かった。

（おかしいなあ、まさか、あとをつけるのにあいたわけでもあるまい）

淀以来、いつもかれの身辺から離れなかった黒い影が、鹿ガ谷の玄興院廃墟の一件このかた、絶えて、姿をみせないのだ。

ところが、きのう清水寺の僧月照に会いに行った帰路、清水の坂をくだろうとすると、雑踏のそばでひとりのこじきがすわっているのに気づいた。

（おや？）

少将の注意をひくものがあった。京の寺社の境内ですわっているこじきは、たいてい淡島の白い装束をきていた。男も、その定法にはかわりはなかったのだが、ただこじきにすれば実りすぎる肩の肉がそぐわなかったし、それにつりあがった小さな目が、少将を見あげたとき、キラリと青く光ったように思われたのだ。尋常の目ではなかった。光が、けものに似ていた。

東寺をまわってきたらしい大師講の一団が境内の人の群れに加わってから、雑踏はいっそうひどくなった。

舞台のうえでは、護摩がはじまろうとしている。修験者の吹くほらの音が青い空にひびきわたったとき、雑踏はいっせいにそのほうへ方向づけられた。少将の身のまわりが、急にまばらになった。

だけではない。人がきから外へ身をさらされたとき、少将の身のうちにつめたい悪寒が走った。

と同時に、左腰に、にぶく短い衝撃をうけた。

（ちっ）

舌をこわばらせた。だれもいない。

群衆だけが、そこにある。舞台へむかって流れていた。

この無心な白昼の群衆のどこにも、異変は感じられなかった。

少将は、かつてない恐怖をおぼえた。群衆のなかにいながら、少将は、身の隠しようのない荒野にひとりいる自分を感じた。

（逃げるにかぎる）

少将は、群衆を縫った。そういう自分に、滑稽をも感じていた。まず、敵がどこにいるかとも知れなかったし、だいいち、何者が敵なのかさえわからなかったのである。

4

その夜、青蓮院御所に帰ってから、灯火の下で門兵衛に検分させた。

「ああ、帯を打ち抜いていまンなあ」

門兵衛は、少将の腰を指でさわりながら感心し、さらに、そのまわりを、犬のようにかぎまわって、

「ほう、これは煙硝やない」

と、やたらと感心した。別に感心するほどのこともないのだが、世間を茶にして暮らしているようなこの男は、多少の異変があると舌なめずりするようにうれしがるのだ。

門兵衛は佩刀を手にとった。ろうざやのその部分がみごとに穴をうちぬかれていた。

「鉄砲やおまヘンな」

「あたりまえだ。音がすればわかることだ」

「すると、相手はこじきだっか」

「ふむ。あの境内でとくに目にとまった者といえば、その猿目のこじきしかない」

「それは――」

途中ではいってきた名張ノ青不動が口をはさんだ。青不動は、配下との連絡の中心を、青蓮院とは東山の峰つづきである高台寺の塔頭（子院）においているから、青蓮院には常時はいない。

「どうかしたのか」

少将は、やや期待をもった目で、青不動を見た。門兵衛の知恵と青不動の嗅覚は、少将則近が天下百万の軍勢にでも立ちむかえる得がたい利器だと思っている。

「そのこじきは、目はつり、ほお骨は高く、くちびるはうすい。――右ほおに薄あばたがござらなんだか」

「そういえば、あったような気もする」

「あ、それは車善八じゃ」

青不動は、この男にはめずらしく、おびえたような目つきをした。

「聞いたことのある名だな」

「いや、御所様がきこしめされている名は、江戸の非人頭車善七でござろう」

青不動のいう江戸の非人頭車善七というのは、徳川の初期江戸城に潜入して将軍秀忠を討ちとろうとした同名車善七の子孫ということになっている。

むかし、出羽二十五万五千石の太守佐竹左中将義宣の家臣に、車丹波守猛虎という者があり、大坂夏ノ陣に参加しているときに徳川の旗本某と私闘をして秀忠の命で誅せられた。車善七は、その丹波守猛虎の実弟にあたっていた。

善七は不敵にも天下の将軍秀忠を兄のかたきとしてつけねらい、園丁に化けて江戸城中に潜入して機会をうかがっていたが、ついに機会をえず、秀忠がタカ狩りに出ようとして供まわりを検分しているときに、にわかに茂みの中からわき差しをきらめかして殺到し、おおぜいのために捕縛された。

当然、極刑に付せられるところだが、まだ戦国の余風の濃かった当時だから、秀忠は善七の義烈を壮としてこれをゆるし、江戸府内の罪人を扱う非人頭とした。

車家は代々善七の名を世襲して賤職ながらも隠れた富を誇っていたが、少将則近にもその程度の知識はあった。

「で、その非人頭と、さきほどの車善八というこじき姿の男とは、どういうかかわりがある」

「当代善七の弟でござる。年少のころより配下の非人にまじわって無頼を働き、ついに車家を勘当されたあげく、人別からさえもはずされ申した」

「江戸非人頭の御曹司が、あつらえむきに非人に落ちたのか」

「落ちたとはいえ、この善八がうそぶき集めれば府内はおろか京大坂の畿内の非人でさえ立ちあがるという奇妙な勢力がござる」

「その非人善八が、なぜ少将則近の命をほしがる」

「金でござるわ。あるいは金ではなく、この男を使嗾する者があって、御所様のお命を縮め奉れば、勘当を許すばかりではなく兄善七を隠居せしめて江戸非人頭の地位をあたえると申している者があるかもしれませぬ」

「だれかね」

「当然、京へ潜入している雅客でござろう。いや、正しくは、雅客をさしむけた幕閣の要人でござろう」

「軒猿」

門兵衛が、青不動にいった。ふところ手をしてあごでにやにや笑っている。門兵衛は、いつもながら、青不動の小ざかしさが笑止でならぬらしい。

「その車善八とやらいう非人頭の御曹司は、この百済ノ門兵衛が料理してこまそう」

5

話は、冒頭にもどる。

石段をおりきった百済ノ門兵衛は、そのまま道を横ぎって、まるですきだらけの姿勢で、ゆっくりとこじきのほうへ近づいて行った。

こじきは、なぜか、白いてっこうをつけた両手をだらりとひざにたれて、顔をふせてうずくまっている。

(この餓鬼が、清水寺で少将にいたずらをした男やとすると、よっぽど、どしぶといヤッちゃな)

そのとおりなのだ。きのう、清水の境内の雑踏の中ですわっていたこの男は、きょうは、少将の宿所である青蓮院御所の門前に堂々とすわっているのである。よほどなにかに自信がなければ、これほどのずぶとい行動ができるわけはない。

門兵衛はのんきそうな足どりで近づいていくが、視線だけはするどく男の手にむかって注ぎつづけていた。

「おっさん――」

百済ノ門兵衛は、おどけていった。男は、うなだれたまま、返事もしない。いかにもそれがぶ気味だったので、門兵衛はわずかに鼻じろみ、

「おうしかい、おっさん。――こんな人通りのすくない場所では、もうひとつ、もうからんやろ。きのうみたいに、清水寺でへたったらどうや」

男の手が、ぴくりと動いた。門兵衛は、はッと身をかわしかけたが、かろうじてくるぶしでこらえた。

「それとも、その場所に老舗でも付いとるのかい。ほれなら、わいが買うたってもええでェ」

ふところから二匁四分の正字小判を二枚とりだすと、男のひざからわずかに離れた路上に音をたてて捨てた。

性根のかなしさだろう、男の右手がすっと小判へのびたときに、門兵衛の右手から白い閃光がふきあがった。

「げえッ」

どちらがわめいたのかはわからない。門兵衛の刀が男の右こてを斬ったのと、男のひざがはねあがって、はるか数間むこうにとびおりたのと同時だった。

(しもうた。てっこうの下に鎖こてをつけていくさったのか)

猶予は、門兵衛の死を意味した。

門兵衛は、顔を白刃でおおって殺到した。平素はひなた水でふやけたようなこの男のどこに、こんな機敏さがひそんでいるのだろう。

男は逃げながら、むじながふりかえるようにツイと足をとめると、右手をわずかに振った。門兵衛は、身をかわす間もなかった。

男の指から黒い弾丸のような物体が、門兵衛の右耳たぶをわずかにちぎってうしろへ飛んだ。

(ほい、耳を損じた)

門兵衛は右ほおに手をあてた。指のまたをつたってねばねばと血の筋がながれた。

門兵衛は、追った。

走りながら、

(わいは、人殺しは大きらいやが……)

と思った。

(こいつだけは追いつめて斬らんと、少将はおろか、わいらまでも皆殺しになるぞ)

日は、ようやく暮れかかっている。

6

東山のふもとぞいの小道を南へ逃げていく男を追いながら、門兵衛は、

(指弾術とは、めずらしい術技を伝えている男もいたもんじゃ)

と、感心する余裕をとりもどしていた。指弾術とは、中国の宋のころ、禅剎少宝山少林寺の雲水白眼という人物があみだしたといわれる武術で、五体のうちわずか、親指と人さし指のみを用いて相手をたおす秘術であった。

人さし指の指頭を強く親指で押えて、勢いよくはねる。それだけではない。黒子とよぶ鉄の弾をはさんではじきとばすのだ。けいこはまずから打ちを日に一万回かさねることからはじめ、一年をへて人さし指のつめに黒子をのせる。親指の腹でおさえて、目標をきめ、勢いはつけずに命中感覚のみを養うことでさらに一年を経る。三年めでようやくカシの木を打つのである。十年もたてば、数間はなれてカシの木にうち込んだ黒子が、幹の皮をやぶって三分も樹肉に食い入ることも可能だという。

日本では、この指弾術を、徳川初期に渡日して宇治の黄檗山万福寺にはいった明僧樹山が持ち伝えて、大和の人万次郎という者に伝授したというが、その後万次郎が若く死んだのか、流儀名さえ残っていない。

男は、にわかに道を西にとり、鴨川の方向にむかって坂をころぶように駆けおりはじめた。

(なるほど、巣が、六条河原にあるのか)

見おろすと、川の瀬にこの日の残照がきらめきはじめていた。

門兵衛は、追うことをやめた。かわらに巣食っている非人の仲間に囲まれて、石でも投げられれば自滅のほかはないからだ。

さいわいに、こちらは高所にいる。男が、かわらに走りこんでいくのをじゅうぶんに見届けえた。

やがて、日も暮れるだろう。

待つことだ。

待つあいだの時間を、門兵衛はなにを思ったのか、赤土の坂道を鴨川とは逆の方向に走りのぼった。当然、車善八というその非人の視野の中に、門兵衛の奇態な行動はじゅうぶんにとらえられたはずだ。

門兵衛の姿は松の間に消えた。やがて清水寺の坊官屋敷に駆けこむと、草文小判のぎっしり詰まった袋をとりだし、

「これ、置き金だす。ちょっと馬貸しとくなはれや」

くらもおかず、たてがみをつかんで駆けだした。

ふたたび、鴨川を見おろす坂の上までくると、門兵衛は身を馬の背に倒し、両足を必死に縮めて、かわらにむかって一文字に走りはじめた。

石をつかんだ非人の群れが見える。

その中央に、車善八がいた。

門兵衛は、たてがみを引くや、一気に堤をおどり越え、わあッとおめきあげて、

「川施餓鬼じゃ、川施餓鬼じゃ」

叫びながら腰の袋の口を解いて、すでに光をうしないはじめているかわらの天にむかってたかだかとほうりあげた。

袋の口が夕闇の空でゆるむと、無数の一朱銀がにび色の糸を引いて、かわらの石にむかって落ちはじめた。

群れの中からけもののようなわめき声がわきあがり、いっせいに落ちてくる方角にむかって人なだれを打った。

「ばか者」

車善八が赤く口をひらいて怒号したが、そのときすでに門兵衛の馬が石をけって頭上に襲いかかっていた。

善八が身を沈めたとき、むしろそれよりも早く、頭上の馬は目を射つぶされて棒立ちになった。門兵衛は、白刃をかかげたまま馬の背からかるがると跳躍して空に浮くと、

「おのれ、おとというせるんじゃあ」

叫びは上から白刃とともに尾を引き、門兵衛のからだがかわらの石ころの上に落ちたとき、車善八は右腕を肩のつけ根から斬り落とされて、血まみれになって石をつかんでもがいていた。

「命だけは助けてやる。構えて仇はさらすな」

堤をゆっくりのぼりながらふりむくと、すでに瀬もかわらも、闇のなかに沈みはじめていた。あとを追って来る者もいない。門兵衛もさすがにほッとしたのだろう。歯ぐきをにッとみせて、

（お悠のやつ）

別のことを考えていた。どうもこの男の頭は、一ヵ所にじっといすわっていられないようにできているらしい。

（今夜は、さぞ、ようぬれるコッちゃろ）

闇のなかで、愚にもつかないひとり笑いをわらった。

公家密偵使

1

（ほんまに、しゃくにさわるなあ、禁裡はんは。……）

お悠は、ふとんのえりをかんで、三度めにつぶやいたとき、すっと冷たい風がはいってきて火明かりがゆれた。人が、足音をしのばせてはいってくるけはいがしたのである。

（ああ、禁裡はん。やっぱり、……）

お悠は、やにわにふとんの下に顔をうずめ、軽い息をたてて、寝ているふうを装った。まったく、お悠は、少将則近にはからだのシンが疲れるほど腹がたっているのだ。たとえば、半刻もまえのことなのである、——禁裡はんはなんといった、

「ここは俗に粟田御所とはいわれているが、ありようは青蓮院という名の門跡寺院なのだ。せっかく大坂から来てくれたが、境内に女人の影がさすのはよくない。まして、こ

の浄域で、男女が恋を語るわけにはいくまい。なあ、お悠、宿はどこにきめている。

――河原町か七条か」

「……悲しいことを」

お悠は、涙ぐんで、

「おいいやすなあ。お悠は宿なしだすえ。宿は、禁裡はんがおいやす青蓮院御所ときめて淀川をのぼってきたンだすえ。そのお悠を、御所から追いだすおつもりだすか？」

「そういうわけじゃないがね。坊官にきくとこの構えのなかにある小御所という小さな別屋があいているそうだ。そこへ泊まってもらうことにした。念を入れるようだが、浄域だから、大坂以来の情けを暖めあうことはかなわない」

「意地悪」

「なるほど、わたしはいけずだなあ」

少将は、若々しい声をたてて笑った。お悠にすれば、その笑い声の明るさがそもそも腹のたつことなのだ。

いったい、この則近という青年は、どういうつもりでいるのだろう。わたしがこれほど思いをこがしているのがわからないのか、わからないはずはない。大坂の最後の夜にはあれほど情熱をこめてわたしをかきいだいてくれた。

ふたりが、この世で生をつづけるかぎり、あの記憶だけは供華を絶やしてはならない共有の祭壇であるはずなのだ。だのに、この則近はまるでそれを一方的に破壊してしまったように、明るく笑っている。お悠の気に入らないのは、少将の表情が明るすぎることである。

(もっと、おごそかになってくれないものかしら)

自然、お悠のほおはふくれていった。ところが、少将則近には、お悠の気持ちのなかが手にとるようにわかるらしく、

「貴人情ヲ解セズ、といってね、むかしから公家というものは薄情なものだ」

ひとごとのようにいって、くちびるをほころばせた。

「ずるい。禁裡はんは、おなごをじらせてはるねンわ」

「じらせることができたら、わたしも、色の道では一人まえということになるかもしれない。しかし、実をいえば今夜はそれどころではないんだ」

「どんなこと?」

「お悠に縁のないことさ」

「いうて」

「いずれ、わかる時がくるだろう」

少将との会話は、それっきりになった。部屋にかみしもをつけた坊官がはいってきて、粟田ノ宮尊融法親王がおよびどっせ、となめらかな京ことばで伝えにきたからである。同時に、お悠のほうへは寺小姓が手燭をかかげ、少将のへやから追いたてるようにして、この小御所まで案内してしまったのだ。

（あほくさ……）

ていよくあしらわれてしまった自分をあざけりながら、お悠はふとんのなかで、からだをちぢめた。

寒い。京の底冷えというが、この小御所のなかの寒さはどうだろう。外で、風がほえている。しとみのすき間を通して、外の風の小さな眷族が、間断なく忍びこんできては、お悠のまくらもとの夜気を凍らせた。

（寒い。お公家はんの住まいなんて、外見はりっぱやけど、なんでこんなに寒いねやろ。いややなあ。お公家はんて、小さい時からこんな寒い御殿に住みなれているさかい、心まで冷とうならはるねやろか……）

気がつよいとはいえ、はじめて故郷の大坂をはなれて、十三里北方の、お悠にとってはいわば異郷の空で寝る夜なのである。お悠の目じりに涙がたまって、身をちぢめるたびに耳たぶへこぼれ落ちた。

まくらもとのふすまがあいたのは、そのときだった。

「お悠――」

やはり、少将だった。

（あんなすげないことをいうていながら、やっぱり禁裡はんはお悠の男はんやなあ）

顔を隠して、寝入っているまねをしたのは、ちょっとすねてみたかったのだ。

ところが、

「寝入ったのか……」

足音がふとんのすそのほうにまわってしまった。掛けぶとんにすきまがあいていたらしく、少将は手でやさしくそれをたたいてくれたのち、ゆっくりと立ちあがって、ひとりごとのようにつぶやいた。

「お悠、達者で暮らせよ」

（あッ）

なにをいいだすのだ、とお悠は細目をあけたとき、少将則近は、右近衛少将の束帯をつけ、冠をいただき、しゃくを手にもって、立っていたのである。

「禁裡はん、どうおしやしたの？」

「起きたのか」

お悠は答えず、

「そのお姿は、なんのまじないだす」

「宮中へ出かける」

「この夜ふけに」

「そうだ」

「行ったら、あかん」

お悠は発作におそわれたようにふとんをはねのけると、少将の直衣のすそをつかんだ。なんだか、このままお悠の手のとどかぬところへ行ってしまいそうな予感がしたのだ。

2

少将と尊融法親王は、青蓮院の石段下で二丁のあじろかごに乗った。

「えいほう」

白丁姿のかごかきが肩をしなわせると、息づえで勢いよく地を突き、まるで町かごのように夜のちまたを走りはじめた。

その前後を、町の軒ばをひろうようにして数人の黒い影が走っていく。名張ノ青不動の配下の下忍たちなのだ。

かごわきのちょうちんを守りながら走っているのは、めずらしくはかまをつけ、にわか諸太夫の容儀をととのえている百済ノ門兵衛であった。

門兵衛のそばを、やはり諸太夫姿をした名張ノ青不動が小さな影をひきながら走っていた。

「門兵衛どの、もすこし、静かにしてはどうでござる」

月の下で、青不動がいかにもけいべつしたようにまゆをしかめていった。

「…………」

門兵衛は、大口をあけながら、吸う息吐く息が、まるで瀕死の病人のようにすさまじかったのだ。それにひきかえて青不動は、地を綿毛が吹きころがっていくように走る。呼吸の気配さえたてないのである。

門兵衛はあえぎの下から腹だたしそうに、

「おまえらのような盗人と同じようにはいかんわい」

といった。

「ちッ、もうその盗賊よばわりはよしなされ」

相変わらず仲がわるい。

「わいは大坂の町なら、町歩きは舟かかごにきめたァる男じゃ。地べたを犬のように走りまわるのはなれとらンでなあ」

「漢語で武士のことを貔貅とか申す。けものの所作にも負けぬ者が武士でござるぞ」

「しんどうてかなわんわい」

「おぶって進ぜようか」

「おまえがかい」

門兵衛は走りながら、小がらな青不動をばかにしたように見た。

「いかにも。おぶって進ぜる」

「目方は、十七貫五百もあるぞ。ほえづらをかくな」

「こう、背にお乗りなされ」

かがんだ青不動の背に、門兵衛は倒れかかるようにおぶさった。青不動はおぶったままかるがるとしりをもちあげ、地をはくように月の下の町を走りだしたのである。

（けったいなやッちゃ）

門兵衛は、舌をまく思いがした。青不動はたしかに二本の足で走っているのだが、背に乗った門兵衛の実感では、まるで空をとんでいるように、地を踏む足ごたえというものがない。

感心はしたものの、口だけは相変わらず悪く、

「こら、馬より乗りごこちがええわい。もっと走ってみせんかい」

「こうでござるか」

青不動が頭を沈めたとき、にわかに門兵衛の胸に風がつよくなった。足音もなく走りはじめたのだ。かごわきをはるかに追いぬき、町々のつじどうろうが、流灯のようにうしろへ流れた。

「待て。おちょけるな」

「おちょけてはござらぬ。これが、伊賀流に伝わる飛空術でござる」

「体裁のよいことをいうな。そらを飛んではおらんぞ」

「見なされ、はるか下を」

「えッ」

門兵衛は、下をみておどろいた。

「下界の灯が見えるでござろう」

「あッ、あれが京の灯か」

「あっははは、水たまりに映る軒ばの灯じゃ」

青不動は、背をゆすって、さもしてやったりと笑った。いつのまにか、門兵衛は、青不動のかけるめくらましにかかっていたのだ。

「小細工の好きな軒猿じゃ」

門兵衛は不快そうに吐きだし、

「調子に乗って遠くまで来てしもうたぞ、早うかごわきへもどせ。遊んでいるばあいではないわい」

「なにをえらそうにこいてござる」

青不動の背が、もう一度愉快そうにがくがくとわらいはじめ、

「横をご覧うじゃれ」

「横を？」

「左じゃ、左じゃよ」

門兵衛は横をみておどろいた。相変わらずかごわきを走っているのである。

青不動の細工だろう、いつのまにかかごわきのちょうちんが消されていた。

門兵衛を背に乗せてからちょうちんを消し、背中にからだを託しきった門兵衛を、たなごころで玉をもてあそぶような安直さでめくらましに誘い入れてしまったものだろう。

かごが、ようやく所司代牧野備前守忠恭の家臣が守る堺町御門にさしかかったとき、門兵衛が気づくと、前後を護衛していた黒い影が、いつのまにか闇のなかに蒸発してしまっていた。

（気色のわるいやつらじゃ）

門兵衛は、御門の前で、青不動の背からおりながら、この伊賀の軒猿どもの、人離れ

した身うごきを、味方ながらも底気味わるくおもった。

3

「開門」

門兵衛は、公家の諸太夫の役まわりになっているから、くろぐろとそびえる堺町御門の前で、そう呼ばわった。

「いずれ様でござあーる」

門のうちから、所司代配下の番士の声が、ひびき返ってきた。御所は、親王や公家たちのおもやのようなものであるのに、その内外を幕府の譜代大名である京都所司代が固めていて、その出入りも容易でない。

「こちらは、天台座主尊融法親王じゃ。にわかのお召しにより参内し奉る」

門があき、詰め所の番士がいっせいに出て、かごわきに土下座した。それぞれの手のそばに、ちょうちんが置きならべてあるために、かごの周囲が、わくように明るい。

おもだつ者が腰をかがめて進み出、

「おそれながら、お目通しを願いますように」

といった。ありようは、とびらをあけて顔を見せよ、という検分なのである。

尊融法親王はとびらをあけ、

「夜分、ご苦労な役儀じゃ」

といった。

そのとき門兵衛はふりかえって、腰をぬかすほどにおどろいた。少将が乗っていたはずの、もう一丁のあじろかごが、煙のようにうせはてているのである。

番士の頭が、

「お供はおてまえおひとりでござるか」

「いかにも、青蓮院の坊官、渡辺摂津介と申す者」

にわか官名を名乗りながらも、百済ノ門兵衛は落ちつかなかった。少将のかごだけでなく、かごわきにいたはずの名張ノ青不動も消えうせているのである。

(あの軒猿め。また幻術を用いくさったか)

いまいましかった。

門兵衛こそ気づかなかったが、少将のかごは、そのころすでにからのままで夜の町を粟田にむかって帰っていた。

当の少将は、堺町御門につくほんのすこしまえに、青不動の下忍に手をひかれてかごをおり、御所をめぐる石がきの前に立った。

「用意はよいか」

少将は、ひくい声でいった。

「かくのごとく」

青不動の配下が、ひざまずいて石がきのほうを指さした。

石がきはさまで高くはなかったが、上は半ば土塁のように土が盛られ、すき間もなく灌木が密生していた。

青不動の配下が指さした石がきのあたりに、石がきを縦におろちが巻いたようにして黒い人ばしごができあがっていた。

それぞれの腰に縄を幾重にも巻き、ひとりの肩を車にして他のひとりがしりをおろし、さらにその者の肩に別の者が乗り、人を重ねてついに土塁の上をはい、むこう側もおなじように人ばしごをつくっている。

少将は木ぐつをぬいで、黒い装束の男の腰縄に足指をかけた。そのまま、腰縄から腰縄へ足をかけていけば、ゆったりと御所のうちへ踏みおりることができるわけである。

「ご苦労」

玉じゃりのうえにおりた少将は、ふと懸念して、くびをかしげた。

「おまえたちも、内裏のなかにはいるのか」

月の光の下で、広い玉じゃりの庭がしらじらとひろがっている。おそらく、半丁ほどの視界から、子ネコがまいこんでもすぐ見とめることのできる広さと白さであった。それに、玉じゃりというものは、踏めば足の裏ではげしくきしむ。音は、じゅうぶん番士の詰め所まで聞こえきってしまうはずであった。

「さすが、千年の禁廷だ。伊賀の軒猿もここだけは忍び入れまい」

「おことばではござれども」

軒猿のひとりが、覆面のなかで笑った。

「そうさはござらぬ」

ほかの者に、なにごとかを命ずると、数えて七人の軒猿が、石がきの内側の影に身をかがめつつ、石がきぞいに長い縦隊を作った。

少将がすかして見ていると、かれらはいっせいに懐から油紙の包みをとりだした。

「なにかね、あれは」

少将は、指揮する者にきいた。その者は、油紙からとりだした下駄ほどの大きさのものを少将の手にさわらせた。

「箱かね。穴がいくつもあいている」

「その穴のひとつに火縄を入れまするると、白いもやが出もうす」

「なにがはいっているのだ」

「狼糞、粉炭、硝薬、燐、錫、硫黄水、あとは申せませぬ」

「玉じゃりの音はどうする」

「あは。それはぞうさもない。御所様もおはきなされ」

軒猿のひとりが少将の足を手にとって、妙にやわらかいものをはかせた。試みに歩いてみると、すこし不安定だが、まるで雲をふむようにして音もなく歩ける。

「陸雲と申し、ウサギの毛皮をはいでイノシシの毛を詰めただけのものでござる」

4

「雨かな」

百済ノ門兵衛は、はるか右手に夜霧のたつのをみて、空をあおいだ。よく晴れた十三夜の月が、空の青みの底まで照らし出すほどにかがやいている。

「はて、雨の気配もないが……」

とつぶやいてから、さすがに門兵衛も、右手にたなびいている白い霧の正体がわかった。

(なんじゃ、あの霧のむこうを、禁裡はんがお渡りかいな。それにしても、ばかばかしい細工をする軒猿どもじゃ)

あのばけものじみた軒猿どもの陰湿な細工ごとをみていると、なにごとも理づめで明るく割りきっていく門兵衛のはらの虫にとってあまり愉快な気持ちがおこらない。

(しかし、青不動はどこへうせたンやろ)

同僚だけに、やはり気にはなるのである。

(あの霧の中にいなければ、おそらくあのばけものらしく御所の周辺をかぎまわって、

雅客の足あとでもないかとさがしまわっとるねやろ）

　腹のたつ一面、頼もしい気もするのである。尊融法親王のかごわきを歩きながら、門兵衛は、

（すると……）

　と小首をひねった。

（わいがいちばんぼんくら役ということになるやないか。あほらし）

「門兵衛」

　常御殿の四脚門のそばでかごをおりた尊融法親王は、

「おまえは庭へまわれ」

「庭へ？」

　門兵衛は不足そうな顔をして、

「付いていけまヘンのか」

「ばかめ。ここをどこと心得ている。大宮御所だぞ。おまえのような地下の者は、ふつうならここまでさえはいることはかなわない」

　しかってからかわいそうになったのか、

「大坂の町をふらふら歩いているようにはいかない。たとえば清涼殿の南面の殿上にのぼるのは、四位ノ少将であるおまえのあるじの高野則近でさえゆるされる身分ではないのだが、こよいはとくべつの勅許によって、常御殿の小座敷に召されている。――これ門兵衛、どこへいく」

「へい」

「あそこにすのこ縁があろう。縁から庭へきざはしがおりている。そのきざはしのそばに土下座しておれ」

「ちょっと、待っとくなはれ」

「なんかな」

尊融法親王は、うさんくさげに門兵衛の様子をみた。門兵衛はうつむいたまま、腰のあたりをごそごそとかきいじっている。やがて顔をあげて、

「これ」

といった。門兵衛の両手にぶらさがっているのは、手まりほどもある大きな二つの皮袋だった。

「なんぞ手みやげでも、と思いましたンやが、やっぱりこれがええ」

「相変わらず、例のみやげ金か」

「へい。天朝はんにな、大坂道修町の小西屋総右衛門からや、いうて渡しとくなはれ」

「ばか者」

といいかけたが、尊融法親王は苦笑をかみころして、その袋をうけとり、

「いくらはいっている」

「草文小判で七十三両ずつ」

「妙な端数だな」

「これからさき、物いりでッさかいな、そうはやれん」

「妙なやつだ」

尊融法親王は、いかにも大坂者らしい分限の埒の感度にとぼしいこの顔の長い男をつくづくながめて、

「たしかに献上しておく。御門もおよろこびなさるだろう。少将もいい家来を持った」

「ちょっと」

「まだか」

「わいは少将の家来やおまへンで。道修町の小西屋総右衛門にたのまれて、少将に付き

従っているだけでな。百済ノ門兵衛そのものは一本立ちの役者や」

「大坂者」

「なンだす」

「そういうことは、暇なおりにゆっくりききかせてくれ。ここは禁中だ」

5

法親王と少将は、お回り縁座敷の北東のかどで落ちあい、少将のみはそのまま縁座敷にすわり、法親王は、まず女官の手燭に案内されてお座敷にはいり、のちに少将がよばれるという順序をとった。

常御殿のお小座敷といえば、そこからふた間ばかり奥が、すでに帝《みかど》の御寝ノ間なのである。夜分火急の用があるときのみ、この間で廷臣に謁を与えることになっている。

「少将」

尊融法親王は、うしろで頭をあげている少将を目顔でたしなめ、自分もしずかに腰を折った。

しばらくして少将がうわ目づかいで正面をみたとき、青い御簾のなかにぼッと灯がともって、

「かしらを」

というかすかな声がもれた。

「かしらを、あげてよい」

御簾があがり、ほあかりのなかで、引直衣に金巾子の冠をつけた声の主が、じっと自分に目をそそいでいるのを、少将は知った。

「右近衛少将高野則近でございます」

法親王が、目をふせながらいった。

「高野家の二男じゃな」

「おそれ入ります」

少将は答えて、法親王から、しッとたしなめられた。

「よい。直答はかまわない」

声の主は、むしろ少将のむぞうさな態度を、いとおしそうにほほえんで、

「父の愛近が存世中に、麿はけまりを習うたことがある。愛近中将は、今昔物語にある

侍従大納言成通以来の曲まりの名手であってな、この常御殿の欄干などにのぼっては、みごとな曲まりをみせた。そなたのおもざし、父によう似ていやる。やはり曲まりをするのか」

「いいえ、そのほうはいっこう……」

「そう、そのほうはまりではなくつるぎのほうであったな。まりとつるぎと、品こそちごうても、やはり身ぶるまいのたくみさは高野家の血すじなのであろう」

「おかみ」

尊融法親王が、野太い声でいった。

「少将のそのつるぎを、このたびの企てに役だてとうございます」

「少将」

声の主がいった。

「公家密偵使のこと、粟田ノ宮から、くわしゅう聞いたか」

「はい」

「父の愛近のごとく曲まりにでも興じて生涯を送ればよいものを、つるぎなどを習うゆえ、かような役があたる。一命はおそらく全うできまい。よいのか」

「…………」

御簾からもれる声が、やさしくふるえをおびていた。

「あわれじゃな。いまでもおそうはない。思案を改めてもかまうまいぞ」

「おかみ。お気よわな」

法親王が、横から口を出した。

「朝権を奪い奉った武家をこの世から一掃し天子のもと万民平等の世をつくるためには、藩屏たるべき公家の若者のひとりやふたりが野に果てるのもやむをえざることでございまするぞ」

「宮は、僧侶のくせに気がつよすぎる」

「いや」

少将は、顔をあげていった。

「父の愛近が曲まりに興じつつ生涯を終えましたように、この則近も、つるぎの曲芸に興じつつ生涯を終えとう存じます。お心くばりなされまするな」

「おお」

声の主はほほえんで、

「少将もずいぶんと気の強い。息災で帰ってくる日を待っていますぞ」

その夜のうち、右近衛少将高野則近は、百済ノ門兵衛と名張ノ青不動を従えて京のまちから消えた。

波間の疫病神

1

京の蹴上の坂を越えて山科の盆地に降り、さらに逢坂山をこえれば、目の前の闇のむこうに近江の国がひろがる。

風がつめたい。御所をぬけでたのは子の刻だったから、天明まではだいぶ間があるだろう。月が比良の峰つづきに落ちようとしている下を、三人は長い影をひきながら、近江への傾斜をくだりおりていた。

「このまま」

百済ノ門兵衛は、少将の背に追いすがりながら、

「夜道だッか」

つらそうにいった。

青不動は、くすくす笑って、

「大津から舟にいたそうか。さもないと、百済どの目がもちそうにない」

「あたりまえじゃ」

門兵衛は青不動に歯をむき、

「わいはな、おまえのように化け物やない。夜が来れゃ眠うなり、ねむうなればコロッと寝るのがこの百済ノ門兵衛の流儀や」

全く、この男はものの考え方ばかりでなく、からだの仕組みまで、不合理なものにはたえられないようにできている。

「いたちじゃあるまいし」

歩きながら、まだぼやいていた。大坂なら名代の才覚者で通った自分が、盗賊もどきに夜道を走っているのが、われながら腹だたしかったのだろう。

風が、坂をはって吹きあがってくる。いよいよ冷たい。水けをふくんでいるのは、湖が足もとから地平いっぱいにひろがっているせいだ。

少将は、着流しのままふところ手をして暗い坂をくだっている。歩きながら、

(おかしなやつらだなあ)

とつくづく思って、右手の青不動をみた。

背がひくい。大きな金剛づえを肩にかつぎ、大峰行者の風体で、ふわふわと闇を浮き進むようにして歩いていた。

左手に、百済ノ門兵衛がいる。

門兵衛は下あごをあわあわと動かしながら、さもめんどうくさげに歩いていく。

（こいつが猪八戒としたら……）

少将はおかしかった。

（さしずめ、青不動という男は七十二変化の術を学んだという孫悟空だな）

むろん、少将則近自身は、大小八十一難と群魔妖怪を征服しつつ天竺国に三十五部五千零四十八巻の経典をとりにいった美男の法師玄奘三蔵の役まわりになるわけだ。

江戸は遠い。

京から百二十五里という。

その百二十五里のうちの寸土といえども公家密偵使が大手をふって踏める土地はないのである。西遊記でいう「群魔妖怪」をかきわけねば、江戸の土はふめないかもしれない。

（もっとも、先例がなかったわけではない）

少将は思った。

正中ノ変のころの日野資朝卿がそれにあたるだろう。

資朝は、幼少のころ、倒幕の密謀を企てたために六波羅に檻送される権大納言藤原為兼を路上で見て、「ああ、男というものは、こうありたいものだ」と嘆じたという。長じてのち、後醍醐天皇の密旨をうけて、ひそかに諸国を行脚し、ついに事あらわれて元弘二年執権北条高時のために斬られた。

公家は軟弱とかぎったものではない。長い歴史のあいだにはまれにはこういう男も出たのだ。

（もっとも、わたしは幕府がつぶれようがつぶれまいがどちらでもかまわない。いまどきの勤皇屋の公家なんてのも、あまりぞッとした連中はいないからなあ）

少将は、そのいくつかの顔を思いうかべた。どれもこれも狐のようにこうかつで、あわよくば幕府を倒したあとの利に飽きたいという連中ばかりなのだ。

きのうまでは、公家屋敷を京のばくち打ちの開帳場に貸してわずかな寺銭で安遊興していた若い公家たちが、この時勢に乗って、長州藩などから献金をうけてぜいたくにくらすようになっている。

（いやなやつらさ）

少将は、時流派の公家たちが高ぶった志士づらをして、

「勘定は長州屋敷へもっていけ」

などと祇園の茶屋でただ酒に酔っているのをみるとやりきれない気持ちがしていたのだ。

（そんなまねをするくらいなら、わたしのように大坂の商家に売られて行ったほうが、変な大義名分をいわないだけ、まだましさ）

公家には、佐幕派もいる。倒幕派もいた。

（ところが、贅六《ぜえろく》派というのはわたしひとりだろう）

そのただひとりの贅六派が、いちばん危険な公家密偵使にえらばれるというのも、妙な因果だった。

（まあ、どっちでもいいんだ。退屈さえしのげればね）

道が、蝉丸神社の森の横を通りすぎようとしていた。少将は、ふと足をとめて闇のむこうを見すかしてから、青不動をよんだ。

「おい、火がみえている。群れをなして遠くへ動いていくようだ。——狐火だろうか」

2

「さよう」

青不動は地に伏し、小さな手で砂をはらい、耳をつけてから、

「たしかに聞こえ申す」

この伊賀の軒猿は、まるで犬のようにとぎのいい聴覚をもっているようである。

「なにがじゃい」

門兵衛はしゃがみこんで、青不動の顔を奇妙な動物でも見物するようにのぞきこんだ。

「人の足音でござる。方角は浜のほうでござろう。それも、五十、百、まず二百とふんだが。——あ、ちょっと待ちなされ」

青不動は沈黙したが、やがてがたがたとふるえはじめた。

「こいつ、ふるえてくさる」

門兵衛はけげんな顔をして、青不動の短い胴をおさえてみたが、胴のふるえはとまら

ない。

ゆらい、忍びの術は、他の武術とは異なり、恐怖に対して心をむなしくすることだといわれている。恐れにあらがわず、嬰児のようにあどけなくおそれるという心の働きから、諸般の遁法がうまれてくるものらしい。

「どうした」

「大きなものが、地をはっている」

「牛か馬か」

「はるかに、大きい」

「牛よりもかえ?――あほくさ」

門兵衛は失笑した。かつて、かれが堺から大坂の町につれてきたらく、だ、ならいざしらず、牛や馬よりも大きな動物がこの世に存在しえようはずがない。

「ほらふくな。なあ、禁裡はん」

門兵衛がふりかえって同意を求めようとしたとき、いままでそこにいたはずの少将がいなかった。

3

消えたわけではない。

門兵衛の位置からほんの十間ほどはなれた松林のなかで、少将則近は刀の鯉口をくつろげたまま、気配をうかがっていた。

（たしかに、この辺で――）

上を見、下を透かしてみた。たしかに、人の気配がしたように思えたのだが、満ち込めた闇のなかでは、再びとらえようがない。

（気のせいではなかったようだ）

数人はいた。

草をする足音さえきこえたのである。

少将はもとの位置にもどって、

「青不動」

えりがみをつかんで、地からひきはがした。

「あたりを、かいでくれないか」

低声でいった。

青不動は土にひくく額をすりつけて一礼した。権威に鈍感な大坂者の門兵衛などとはちがって、伊賀の古い郷士の家に育ったせいか、則近に対して犬のように従順な礼譲をうしなわない。

「では」

立ちあがると、ひらひらと舞うような歩きかたで闇に消えた。

ふたたび闇を割って少将の前にあらわれたとき、首をかしげて、

「女でござる」

と答えた。

「女？　女ばかりか」

「男も、でござる」

「いくたりぐらいだ」

「さあて、においだけでは」

人数は計りかねる、と青不動は心もとなげに語尾をにごし、再びがたがたとふるえはじめて、

「大きなものと女、これは逃ぐるにしくはござるまいぞ」

といった。青不動にしてみれば、この取りあわせが何を意味するかはわからないが、自分のふるえはただごとでない、とおもったのである。

（女？――はて）

門兵衛も、この男なりに考えていた。

（まさか、お悠とはちがうやろなあ……）

じつをいえば、ゆうべ、青蓮院御所の庭で門兵衛はこっそりお悠をけしかけておいたのだ。

「追え追え」

そういって、お悠の前で牛を追いたてるような手つきをしてみせたのである。門兵衛にしてみれば、せっかく、京までのぼってきた同郷の娘が寂しくひとり寝をしているのを、かわいそうで見ていられなかったのだ。

「追え追え。どしぶとう追いまくらんと、男ちゅうもんは手にはいらんぞ」

門兵衛は粗雑な恋愛哲学をぶった。

「あほ」

お悠はたもとで門兵衛を打つまねをして、

「禁裡はんは牛と違やうわ」

「あほやない。手づかみできるような恋はろくな恋やない。良え恋ちゅうもんはな、良えさかなとおんなじで、スルスルと、よう逃げよる。そこを追うて追うて追いまくらんとあかん。禁裡はんは江戸へくだる。海道をごまのハイみたいに追うこッちゃなあ」

「ふうん。……」

お悠は、ほんのさっき泣いた目もとを、けむるような微笑でくゆらせながら、たもとをぶらぶら左右に振りうごかして、

「どうしょうかしらんなあ」

といったが、

（どうせ、あの気強い娘のこッちゃ）

門兵術は、闇の中で考えた。

（おそらく、禁裡はんのあとを追うて来よるやろが、まさか、今夜、その闇の所まで来て潜んどる、ちゅうことはあるまい）

「門兵衛、なにを考えている」

少将が微笑した。

「へい」

「おまえはどう思う」

「ふふ」

「妙な笑い声をするな」

「まあな、においや足音ばかりでは、やくたいもおまへんさかい、ここんところは、ぶらぶら行きまほかい。出るもんが出てみんと、わからんこッちゃ」

門兵衛は、あくまで実証主義者なのだ。

4

名張ノ青不動は、あいかわらずはげしくおびえながら、ふたりの前をすすんだ。

浜辺の火の群れが濃くなった。

動いている。

人の声のざわめきまできこえた。

「なあんじゃい」

門兵衛が、拍子ぬけしたように笑った。

「祭りやないか」

「この夜ふけに？」

青不動が、不足そうに聞きかえした。

「そら、祭りをさらす者のかってや。こッちが不足をいえるかい」

「なるほど」

青不動は妙に感心したような相づちをうったが、まだふるえだけはとまらないらしい。

近づくにつれて、様子がりょうぜんとした。真水のうみとはいえ、ほのかにいそのかおりがする。足に、砂を踏んだ。歩くにつれて、砂地は深くなった。浜に近づいているのだ。

二百ばかりのたいまつが動いている。

あたりが明るくなった。火の輪のなかで、人の群れが無秩序に踊っていた。よくみれば、踊っているのではなかった、なにか巨大なものを引きずって、砂地のうえを、浜辺のほうへあがき走っているのだ。

口々に叫んでいる声が、ようやくことばになって聞こえはじめた。

　ちょうさい。送れや、送れや
　なァにを送れや
　かァぜの神、送れ
　ちょうさい。送って流せ

「あ、あれは」

青不動が、それを指さした。群衆が引きずっているものは、なるほど奇怪なものだった。

そのまわりを、百人が手をつないで囲めるほどの巨大なものが、浜辺で、あおむけざまにねそべっていた。手があり、足がある。よくみれば人のかたちをしていた。両眼の位置にたいまつが燃え、まっかな口が歯をむいて黒い天をかもうとしているようだった。

「あら、おまえ、わらやがな。わら人形やがな」

門兵衛がのぞいて、腹だたしそうにいった。

「軒猿」

と、さもけいべつしたように、

「おまえ、あれがこわかったのかえ？」

「いや」

青不動は解せぬ顔で、

「そんなはずはない」

「では、なにがこわかったんや」

「わからぬ。拙者が恐れたのではなく、拙者のからだのなかの何者かが恐れた。いまでもこう……」

青不動は、門兵衛の手をとって自分の胴にあてた。

「ふるえている」

「きしょくのわるいやッちゃな。あのわら人形より、おまえのほうがよっぽど薄気味がわるい。あれは、何か知っているか」

「いや、存ぜぬ」

「疫病神やがな」

「え。なんと」

「そんなことも知りくさらんかい」

門兵衛は、もったいをつけて、

「このあたりのいその村では、疫病の神をかぜの神と名づけて、ああしてわらで神体をつくり、春のはじめに浜から湖へ流して一年じゅうの村の息災を祈るんじゃ。あほらし。あのわら人形のどこがこわいんじゃい。光をみい」

「え？」

「光を見い、ちゅうんじゃ。軒猿というのは常に人の心の虚に住み、物の影にのみ身を潜めているゆえ、ありのままの光がみえぬ。いつも心に暗鬼が生じているゆえ、人形にさえおびえる」

「しかし」

青不動は、もう一度門兵衛の手をとって自分の胴に当て、さもふしぎそうに首をかしげた。

「ふるえている」

5

黒い水が、光のない天につながっている。舟は長浜にむかってすべっていた。

風がある。舟足は風をはらんだ小さな帆にまかせて、青不動がひとりかじの取っ手を抱いていた。

そのそばに、浜で雇った漁夫がこもをかぶって寝ぎたなくねむり、舟底には、とまをかけて、少将と門兵衛がねむっていた。

青不動は、黒い風のなかに目をさらしている。目のなかに闇が満ちていた。ときどき、闇をするどく破って、水のはねる音がした。

（魚じゃな）

音だけしか、聞こえない。

ちかり、と光のきらめくような音だが、音はほとんど等間隔に、青不動の鼓膜を刺激しつづけているのである。

（また……）

みじかく、鼓膜を刺した。自然、青不動はその音を意識するようになった。音と、い

やその音ばかりではなく、音と音とのあいだの沈黙に、青不動の意識は縛られるようになり、

（あ、……）

聞こえるたびに、青不動の鼓膜は浅い痛みをともなうようになった。

音は、ほんのわずかずつだが、そのするどさを鈍らせはじめている。青不動は、そのかすかな変化に気づかない。

やがて、低く、むしろ耳に、ものうく眠りをさそうような音に変化して、間隔がしだいにつまりはじめた。

青不動は気づかない。

音の変化に、だけではなかった。

その音には、主がいるということを不覚にも青不動は気づかなかった。

ぬしは、魚ではない。

舟べりにいた。半身はほとんど水にぬらしながら、まるで舟虫のようにくろぐろとはりついている者がいたのだ。

そのわりには舟が傾いていないのは、浜辺で雇った漁夫が、反対の舟べりに身をずら

して寝そべっているせいだろう。

音のぬしは、手で水面をはじいては、青不動の鼓膜に送る音を生みだしていた。この者が雅客とすれば、よほど古法な忍びにたけた男なのだろう。

青不動の意識は、ようやく薄く不透明なもやがかかりはじめていた。

6

（あッ）

青不動のねむった意識が、にぶい声をあげた。この男にとって、不幸な瞬間がきた。ねむった意識のなかで、むくむくと起きあがったものがあった。さきほど、この男が網膜に染めてしまったあの巨大な疫病神なのである。

薄いもやのかかった意識のむこうに、黒い湖の水があった。水を割って、湖底から突き出してくるように疫病神がたちあがり、みるみる波をわけて舟のほうに近づいてきた。

（う。……）

青不動は、かたわらの金剛づえをとろうとしたが、関節が溶けはてたようになって腕がうごかなかった。

火が燃えている。

疫病神の両まなこなのである。火は水に映り、水は、疫病神の足もとで白い波がしらをたてていた。

（しもうた……）

青不動は、もがいた。

疫病神が近づいてくる。

そのとき、青不動のそばでねむっていた漁夫が、かぶっているこもの下でそっと薄目をあけると、舟板を一枚だきこんで、ざぶりと水のなかに落ちた。

舟べりの黒い影も、すでに消えている。

ただ、青不動の視野のなかに、疫病神のみがいよいよ巨大に立ちはだかりはじめた。

（……？）

とまの中で、水音をきいて目ざとくさめた少将則近は、からだを起こして水面を見るなり、さすがに息のとまる思いがした。

「起きろ、門兵衛」

門兵衛の脾腹をけったその足でともに飛びあがり、

「青不動、何をしている」

ほおげたを力まかせになぐりつけた。

「げっ」

下あごをゆるめて居ねむりをしていた青不動が、目をひらくなり、

「あっ、船」

力いっぱい、おもかじへまげた。舟は大きく傾斜し、その舟べりをあやうく削るようにして、百石船の大きな船腹がかすめ通った。

いま一瞬おくれていたなら、舟はひとたまりもなく相手のへさきにかみ沈められてしまうところだった。

百石船のへさきの左右に、あかあかと燃えている二つのかがりが、名張ノ青不動の意識のなかで疫病神の両眼のようにみえたものだろう。

「こげ」

少将は命じた。

「門兵衛、なにを突っ立っている。命が惜しくはないのか」

「惜しおます」

「伏せい」

いいおわったとき、百石船の舷腹から数本の矢がふってきた。

「手の込んだことをしやがる」

舟べりにどぶねずみのように身を隠しながら、門兵衛はあきれた。

（水づけにして殺す気かい）

相手の意図の裏はわかっている。少将の位にある京の公家を、陸で刃物傷の死体にするより、湖で水死体にするほうがあとくされがなくていいと考えたのだろう。

百石船は、十数間先で、へさきをふたたびこちらへ向けるために、ゆるゆると旋回しつつあった。

「少将少将……」

と同時に、その舷腹から水面をころがるようにして女の笑い声が伝わってきた。

（ああ）

則近は、目をみはった。わすれてはいない。鹿ガ谷玄興院の歓喜天堂で自分を焼き殺そうとしたあの女だったのである。

「なにかね」

少将は、ともに立った。この距離では矢はとどきにくい。

「江戸へおくだり？」

「におのうみでさかなを釣っているのさ」

「まあ、おさかなを？」

「近ごろは風流をまなんでね」

「おさかなも大よろこびでしょう、たんとえさをもらえるから」

女はひとしきり笑って、

「――そのうち少将もね」

えさにしてやろうという意味らしい。百石船はようやく針路を整えて、こちらにむかって波をきりはじめた。

「こげ」

少将は青不動にいった。舟は、闇の湖心にあった。長浜までは、むろんほど遠い。

「いずかたへ？」

青不動は、かじに迷った。

「天明にむかってとにかくこぎつづければいい」

「天明に？」

「夜が明ければ、湖に多くの船が出る。まさか、あの者たちも、日の下ではああいう挙に出られまい」

「かしこまってござる」

青不動は相変わらずていねいに一礼し、波をなめるほどにひくくろをしなわせた。

竜法師の人怪

1

湖東の連峰にのぼった日が、琵琶湖の水をあい色に染めはじめるころには、少将則近の舟を追っていた雅客の百石船はまるで蒸発したように、日のきらめく沖合いから消えはてていた。

「青不動」

少将はあきれたように、ほんのいままで、その船のかがり火がしつように明滅しつづけていたあたりをふりかえりながら、

「おまえたちの忍びの法のなかには、船まで消し去る術があるのか」

「めっそうもござらぬ」

青不動は、手をふって、

「雅客どもが用いたのは、ほんの子供だましに似た火遁の術でござる。おそらくは、湖

が暁くほんの少しまえに、わら束にかがりを刺しこんで水に浮遊させ、それを身代わりにして本船はとくに姿を消していたのでござりましょう」

「念の入ったいたずらをするものだ」

「いっこうにいたずらではござらぬ。忍者と中すものは敵よりも日をおそれる者でござるゆえ、夜がひくとともに陣をひいたのでござろう」

「そういえば、淀川以来、あの者たちは真昼にあらわれたことがない」

「いかさま。忍び者は夜の兵法者でござるゆえ」

青不動は、当然だというように、鳥のような顔をうなずかせた。

「すると――」

横にいた百済ノ門兵衛が、青不動の顔をからかうようにのぞきこんで、

「その夜の兵法とやらに、おまはんが立ち負けたということになるのかえ?」

とたんに、青不動は不機嫌そうな顔になって、だまりこくったまま、かじをまげた。

舟は大きくゆれて、ミズアシのあいだを分けはじめている。

草津川の河口なのである。

早春のうすい緑をはいた湖岸に、炊煙のあがっているあたりが草津の宿場なのだろ

う。

　長浜まで舟でいくつもりだったのが、途中で雅客にはばまれたために、思わぬ岸にこぎ寄せてしまった。

「こらあ、草津やないか」

　門兵衛がおどろいていった。青不動は、なお不機嫌な顔をつづけたまま、

「さよう」

　とだけいって、ろを捨て、さおをとりあげて水底を突きはじめた。舟底が、ざらざらと砂をかんだ。

「いったい。どうするつもりなのかね」

　砂音をききながら、さすがに少将も心配になってきたのだろう、青不動の仏頂づらに問いかけた。

「拙者は伊賀者でござるでな」

「それで？」

「伊賀は山国でござるゆえ、ついつい、水のうえでは不覚をとり申した」

「すると、相手の雅客は、甲賀の者というのかな」

「さよう、近江甲賀郷は。南の境を伊賀の山と接するとはいえ、西は湖をひろげておりまするゆえ、古来、堅田の湖賊などにたちまじって、水いくさや水めくらましにたけた者が多うござる」

「幕府が甲賀地付きの者を雇うているのか」

「いかにも、さよう」

　青不動は、確信ありげにうなずき、

「江戸に在府する幕府の伊賀甲賀同心で、あれほどのわざをもつ者はおり申すまい。なるほど雅客のほとんどは幕府直参の隠密でありましょう。したが、その術を宰領する者は、かれらの祖先の発祥の地甲賀郷地付きの者と存ずる」

「名は？　わからないのか。おまえも伊賀地付きの男だから、隣郷の甲賀郷なら、見当はつくだろう」

「それは……」

　いいかけて、青不動はさおを横たえ、そっとあたりを見まわした目に恐怖がやどっていた。ささやく必要もないのに、少将の耳もとに顔を寄せて、声をひそめ、

「たちゅうと申す男でござるよ」

「多仲と書くのか」

「望月多仲と申す。甲賀望月家と申せば、甲賀流忍術の正法を伝えるゆいしょの名家でござるが、多仲はその分家にあたり、甲賀郷竜法師に住んで常は薬草をひさいでおりまする。年のころは五十二、三、……これは、あの……」

「どうした」

青不動は、のど奥が干あがってきたらしく、いそいで口の中のつばをかきあつめてのみこむと、

「これは、あの……」

「何をおそれておる」

「人ではござらぬでな」

「人ではない？」

「若いころは、たしかに人ではござった。しかし、術を積み劫を経るに従って妖怪変化のたぐいになりはて申した」

甲賀郷竜法師に住む望月多仲という男については、甲賀伊賀の郷士のあいだで知らぬ者はないのだが、ここ十年ほどというものは、この男の顔をみた者はほとんどいないといっていい。

2

男の屋敷は、竜法師部落のはずれの谷に臨んで構えられ、長屋門の前にひともとの白ツバキが植えられている。村人は、ツバキ屋敷とよび、多仲のことを、「ツバキ屋敷の殿」と呼んでいた。

竜法師望月家の土豪ぶりは望月宗家には及ばなかったとはいえ、戦国のころには百人を越す下忍を飼いかかえて、甲斐の武田、駿河の今川家などと交通し、かれらの用に応じて、細作、流言、城入りなどにたけたいわゆる甲賀軒猿を送りこんでいた。

徳川期にはいって、多くの伊賀甲賀の土豪がそうしたように、この家も稼業を薬屋に変えた。売り子を使って、甲賀神仙丹や金創妙治膏といったたぐいの薬を作って、全国に売りあるかせているのである。

自然、忍びの術などは用のない時代になっていたのだが、技法の伝承というものは、需要がないから絶えるものではなく、むしろ需要がないからこそ、精練の度を加えるという場合もありうる。望月家代々の忍びの術は徳川の治平下にあってなお伝承をかさね、ついに当代の多仲にいたって大成した。

多仲は、年少のころ、術をためすためにしばしば江戸や大坂に出て、ちまたの夜に出没していたらしい。術をためすといっても、ありようは、偸盗とめくらましなのである。

大坂では、鴻池、泉屋といった富豪の邸内に忍び入って秘蔵の茶器をもちだし、それを別の富豪の屋敷にもちはこんで床の間にすえておいたりする。江戸では大名、大旗本の屋敷に目をつけると、数日邸内に潜んで当主の身ぶりや声色をおぼえ、みごと化けおしたのち、堂々と妻妾を犯したりしている。

四十の半ばをすぎてから、人をめくらますことにもあいたのか、ほとんど土地を離れることもなくなり、屋敷のなかに建てられた摩利支天堂のなかにこもったまま、家人にさえ顔をみせることが少なくなっていた。たまに、近在の山を歩くとき、道に出会った猟師などの話によると、白い装束に黒い無文の太刀を帯び、すれちがうときに狐狸のにおいが残るという。無文ノ太刀というのは、凶事に用いられる太刀で、つかや、さやを黒塗りにしてかざりをつけていない。すでに自分を人界よりも狐狸の世界においているつもりなのだろう。

「おそらく、海内にふたりとない人怪でござろう。拙者のみるところでは、竜法師の多仲は、その人ぎらいからみて、手ずから雅客をさしずしているのではござるまい。この人怪に娘があり、美禰と申すそうな。多仲の代人として雅客にたちまじっているのは、この美禰じゃ。あの女こそ、美禰と見申した」

「あの女とは、小がらな」

「おお、それ。淀であらわれ、建仁寺境内であらわれ、鹿ガ谷玄興院にあらわれ、ほんのさきほどまでわれわれを追い申したおんな声の忍び者こそ、竜法師の多仲の娘でござるぞ」

青不動は舟から飛びおりて、とも綱をひいて岸へ寄せ、少将と門兵衛をおろしてから、

「陸路をまいろう。草津の宿から鈴鹿を越え、桑名に出て海道にはいるのが穏当の路次じゃ」

「初手のもくろみどおり、舟路で長浜へ行かんのは、青不動、おぞけが立ったのか」

門兵衛がいうのを、青不動は手ばなで返事をしてみせ、

「百済どのは、鈴鹿峠の東に何があるかをご存じないと見ゆる」

「なにがある」

「甲賀郷がある。竜法師の里がある。雅客の巣である虎穴の前を通るのじゃ。青不動はおぞけなどをふるってはおりませぬぞ。鈴鹿を越えれば畿内の外じゃ。察するに、あの者たちは鈴鹿越えでわれわれを待ちぶせ、生き身では畿内の外に出られぬようにするつもりであろう。進んでその網の中に入り、逆にあの者どもを掃滅してしまわねば、江戸までの道中の安堵はなり申さぬ。これでも怯懦といわるるか。まだある。鈴鹿峠への道は、本道を通らず、三雲から南へ折れて甲賀をまわり、竜法師に立ち寄る」

「竜法師に？」

望月多仲の根拠地ではないか。さすがに少将もおどろいてきき返すと、青不動はゆっくりとうなずき、

「いかにも竜法師に参る。ツバキ屋敷にはいって、かの望月多仲を斬り、敵の術の源を断つ所存でござる」

「おいおい」

門兵衛もあきれて、

「その竜法師に、禁裡はんやわいもいくのか」

「ご安堵あれ」

「もったいぶるな」

「甲賀竜法師へは、拙者のみがまいる。里の近在には、すでに拙者の下忍を伏せてござるゆえ、人数には事欠き申さぬ。御所様と門兵衛どのは、本道を鈴鹿へござれ。鈴鹿までの御所様のご守護は、門兵衛どのおひとりにおゆだね申す。百済ノ門兵衛どのは商い侍とはいえ、なかなかの武勇の人ゆえ、安心なことじゃ」

(ふん)

門兵衛はおかしかった。

(軒猿め、わいがあんまりからかうもんやさかい、むくれおったな)

と思ったが、青不動と竜法師の多仲とでは勝負の結果がみえすいているように思えたので、さすがにあわれになり、

「青不動、湖の復讐をするつもりで竜法師へいくならやめとくがええなあ。命はもっとだいじにあつかうもンや」

「捨ておきくだされ。これは意地でござるゆえ」

「しょうむない。意地で命をほるのはただの武士のするこッちゃ。おまえやわいのような世間とは筋の違うた侍が、侍の意地の物まねをしたところでだれがほめてくれるかよ」

「門兵衛どのはご存じない」

「何を、や」

「忍者には忍者の意地がござる。甲賀者にちょうろうされたままでは、伊賀一郷に顔むけのならぬことになる」

「もっと世間を広う見るわけにはいかんのかいな」

「世間と申したところで、軒猿の世間はしょせん夜でござる。夜の世間を分けおうているのが伊賀と甲賀でござるゆえ、意地も張り申そうかい」

「けったいなしょうばいやなあ」

「それでは、これにて」

草津の宿場につくと、青不動は金剛づえをついて、おりから西国の伊勢まいりの連中でごったがえす札の辻の人込みのなかへ消えてしまった。

門兵衛はあとを追って呼びもどそうとしたが、少将はそでをつかんで、

「捨てておけ」

といった。則近にはそれなりに何か考えがあるのだろう。

3

右　伊勢路
左　中山みち
札の辻の石くいにそう刻まれている。草津の宿は美濃街道と伊勢街道の分岐駅にあたっているために、人の行き来は近江でも屈指の宿駅だった。
御宿野村屋安兵衛
御宿藤屋与左衛門
招牌のでた宿々の軒ばをすぎながら、馬糧のにおいのたつほこり道を歩いていく
と、軒びさしが街道の半ばまでつき出た茶店の前へ出た。
「お休みやす、お茶をお召しやす」

近江とはいえ、街道の宿場は京なまりがつよい。聞き捨てて通りすぎようとしたところへ、まるく潤いのある呼び声が耳にはいった。

「お茶をお召しやす、お休みやす」

（なんだ、聞きおぼえのある声だな）

思わず、少将が茶店のほうをふりむいたとき、店の前で立っていたその声の主が、

「ほほ」

と笑った。

「これは――」

少将はあきれた。京で置き捨てたはずのお悠が立っているのだ。

旅装束をして、でっちの幸吉をつれて目を細めている。

「おはいりやす、お茶をお召しやす」

お悠の悪ふざけはしつこい。

「門兵衛」

「へい」

「おまえがそそのかしたのか」

少将はすこし怒気を帯びていった。

「まあ、どッちゃでも、よろしおまッしゃろ」

門兵衛は、小鼻をひろげて、人を食ったような笑いをうかべた。少将が本気でおこっているのではないことはわかっている。

そのとき、お悠の手から竹づえが離れて、カラリと地にころがった。

「禁裡はん」

走り寄ってきて、少将の手をつかみ、

「もう放さへん。待ったわあ、半日も。どうせここを通らはるやろと思うて待ったけど、もし通らはらへんとしたら、どないしようと思うた」

「わかった。手を放せ。往来で人が見ている」

「見せてやったらええやないの。人だかりがしたら、門兵衛はんが木戸銭をとらはるわ」

お悠という娘は、相変わらず強気だった。

4

俵藤太秀郷がむかでを退治たという三上山が一行の左手になり、やがてそれがうしろになった。みちみち、則近がいくらお悠に大坂へかえれといってきかせても、お悠はだまってわらいながらしつようについてくる。女足が加わったために、足どりが落ち、鈴鹿へはこの先七里もあるというのに水口の宿で日が暮れはじめた。

加藤越中守二万五千石の陣屋のある町だが、ふつう、草津を出た旅人が水口では泊まらずに足をかせいで鈴鹿ふもとの土山の宿でとまる例が多いために、宿駅のにぎわいは草津ほどではない。

それだけに宿場全体の商い根性というのは異常なもので、旅籠の女がふたり一組で常時街道を走りまわっては旅人の胸ぐらをつかまえ、手をとり足をつかんでわらじをぬがせてしまう。

「えらいやッちゃ。こらぁ、えらいやッちゃなあ」

女数人にしがみつかれながら、さすがの商い侍である百済ノ門兵衛も驚嘆した。名にしおう近江あきんどの国なのだ。

「どうしやはります？」

少将にきくと、

「いいだろう」

則近は目顔で答えて、自分からさっさと旅籠の軒ばをくぐった。

旅籠は古びて、しかもなんとなくなまぐさいにおいがする。

「なんのにおいや」

階段をあがりながら、門兵衛がきくと、女は、

「どじょうどす」

こともなげに答えた。なるほど、階段から見おろしてみると、土間から奥にかけて細長いどじょうのいけすが続いており、その端は台所に及んでいて、大がまが煮えたっているらしい。

女は、一行四人を二階の十畳一間の部屋に押しあげてから、廊下からひなたくさい顔だけを突きだして、

「晩のおかずはどじょう汁どすえ」

「どじょうだけか」

門兵衛は大坂者らしく口がぜいにおごっているから、目をすえて念を入れた。

「そうどす。たんとあがっとくれやす」

「無慈悲《むげつしょ》なことをいうなあ。禁裡はん、せっかくやが旅籠をかえまひょか」

「あかん、あかん」

旅籠の女がいった。

「水口の宿場の旅籠なら、どこへ行っても年がら年じゅうどじょう汁どすえ」

「へええ」

門兵衛はあきれかえった。この宿場では、旅籠の女が客をつかまえ歩く一方、べつの手の者が泥田や小川を踏みあらしてはどじょうをつかまえているのである。つかまえた客の口に、つかまえたどじょうをねじこむのだから、旅籠代はまるまる浮くという勘定になるのだ。

「なるほど、近江どろぼうとはよういうたなあ。ええ、ええ。商いはどろぼうと紙一重のところまでいかんともうかるもンやない。それでこそ、銭が浮くンや。よし、どじょうを食うてこまそ」

門兵衛は自分の哲学の泣きどころに触れたのか、上機嫌でうなずいたが、お悠はぷイ

と白いあごをあげて、

「あては食べんとく」

といった。

「なんでや」

「禁裡はんとあては食べんとく」

「おい、わたしは京の貧乏公家だから、粗食になれている。どじょうでもなんでも食うぞ」

「あんさんは黙っていておくれやす」

お悠は、少将則近のひざをおさえ、

「幸吉、お出し」

といった。

門兵衛がのぞくと、幸吉の手もとから、干魚やとろろ芋などが出てきて、お悠はそれらを手ぎわよくまとめると、てがらを解いて器用にたすきをかけ、

「ちょっと台所を借りてきます」

「ど、どうするねや」

門兵衛がきくと、

「禁裡はんとあてとはべつのおかず。差しむかいで食べさせていただきます」

「わ、わいはどうなる」

「門兵衛はんは、ほんのさっき、えらい、どじょうに感心したはりましたやないの。どじょうをたべていただきます」

「あほかいな」

門兵衛はつい口癖がでたが、べつに悪気にはおもっていない。則近のために食事をつくるという女房ぶりを、せめて旅の空の下だけでもちょっぴり味わってみたいとお悠は思ったのだろう。

（けったいな娘や）

とっぴなくせに、きちんとたびの指さきで、むぞうさに畳の目かずを数えるような歩き方をする。におうような作法の行きとどいた立ち居ふるまいをする娘なのだ。部屋を出ていくお悠を見送ってから、門兵衛は目じりのしわをおさめて、

「今夜は、お部屋を別にとりまひょか」

侍のくせに、こんなことになると、こまごまと気のつく男なのである。

「ばかめ」

少将は苦笑してから、

「今夜、この水口の宿場で寝入ってしまっては、青不動を見殺しにすることになる」

「なんでだす？」

「あの男は、京の配下を竜法師に集めて、望月多仲という老いた軒猿を襲い殺すつもりらしい。われわれをつけている雅客には、三雲から道を分れて行ったあの男のそういう意図ぐらいはとくに察しがついているだろう。すると雅客たちは力のすべてをあげて、ツバキ屋敷をふせぐにちがいない。青不動は、おそらく死ぬ」

「へええ。あいつ、人の動きにさとい軒猿のくせにそんなことがわからへんのやろか」

「わかっているのだろう。自分が竜法師を襲うことによって、われわれのたどる鈴鹿への道は安全になる。鈴鹿を越えて畿外へ出れば、桑名から江戸までは人の行き来のはげしい海寄りの道だ。明るい東海道の空の下では、こののち自分がいなくてもまさかのこともあるまいと見たのだ。そういう推量のうえで、あの男は、伊賀と甲賀の軒猿どうしの雌雄を竜法師で決しようとしている。つまり、雅客たちを多仲もろともに始末してしまえればなおいいし、できなくても雅客の勢力の大半をこそげ落としてしまえれば、わたしとおまえの旅は、ひとまず安全になると思っているらしい。身を殺して仁をなすつもりかもしれない」

「なるほど」

門兵衛がまだ不得要領な顔でいるのを、少将はくすくすと笑って、

「おまえのような商い侍にはわからないそろばんかもしれない。しかし、古いむかしの武士のそろばんの玉のはじき方があったようだ。青不動は伊賀のいなか郷士の出だから、まだそういう昔ながらのりちぎがのこっているのだろう。――もっとも、身を捨ててまでしてわたしのためにつくしてくれるのは、どうも負担が重くてわたしはいやだがね。しかし、この一番は青不動を見すてるわけにはいくまい」

「そら、そうやけどなあ」

門兵衛はなおも要領を得ない顔をして、

「あら、軒猿同士の意地でやっとることだッせ。まあ、かってげんかや。そんななかへ、わいらのようなちゃんとした武士が飛びこむのも妙なもんだッせ」

「おまえがちゃんとした武士というのも妙なものだぞ」

「まあ、そうかいな」

門兵衛は、そらとぼけている。

「竜法師へ行きたくないのか」

「なにしろ、ゆうべも今夜もさかいな」

「なにがだ」

「夜働きが、だす」

「ねむいのか」

「わいはこれには勝てまへん」

「なるほど」

少将は笑った。門兵衛は寝たい一心でへりくつをこねていることがわかったのだ。

「それでは留守をしてもらおう。お悠にやさしくしてやってくれ」

「また、三雲までもどるンだッか」

「いや、旅籠の者にそれとなく聞いてみた。竜法師までは、水口から間道がある。二里も歩けばつくだろう。――日は暮れたか」

門兵衛は立ちあがって窓の障子をあけ、

「もう少しだンな」

「そうか。暮れてから、こっそりたとう」

「ほンまに悪おまンな」

門兵衛は気の毒そうにいった。しかし、眠いのまでがまんして、忠をなしたり仁をなしたりする趣味は、門兵衛にはない。

「わいはお先に寝かしてもらいまッさ」

「ふむ。ゆっくりするがいい」

少将則近はそういって佩刀をとりあげ、抜きはなつと子細に目くぎをしらべた。今夜の敵は手ごわかろうと思ったのだ。

妖異の里

1

水口の宿を南へ離れると、間道をさえぎって、横田川のほそい河床が西へうねっている。

河床に、水はなかった。暗い。西をみると、ほそくそがれた月が、観音寺山の上にのぼりはじめていた。少将則近の夜目では、河床のじゃりの帯が、夜霧のように闇のなかに淡く浮かびあがっているのをようやく識別できる程度で、歩行は、足の裏の感触に頼るしか手がなかった。

めざす、竜法師までは二里はある。

灯のない夜道としては遠すぎる距離だろう。少将は、

(すこし、無謀すぎたかな)

と、後悔がかすめた。武芸に多少の心得のある者なら、案内を知らぬ土地の夜道はと

らないところなのだ。

ましてて、上弦の月ひとつを残して満々と闇のみちたこの山河は、尋常の地ではないのである。甲賀の里なのだ。

丘陵が地をはい、そのどの丘陵にも小さな部落がはりついて、いきもののように火をともしていた。その丘の下の部落から、古来、いくたの忍び武者が出ては、諸国の興亡の歴史をかざってきた。

いわば、妖異の里といえるだろう。

（まあいい。出るものが出れば、そのときのことだ）

少将は、おもった。無謀は、若者だけがもちうる特権なのである。少将は、望月多仲というこの里の老忍については、ほとんど知識がない。ただ実感として、青不動のせんりつだけがあった。ふるえながらいった。

――人ではござらぬでな。

声をのんで、かさねていった。

――若いころは、たしかに人でござった。しかし、術を積み、おのれの心をいたぶるうち、ついに妖怪のたぐいになり果て申したな。

その竜法師の多仲ともあろう妖怪が、今夜、自分のすみかであるツバキ屋敷に、伊賀者青不動とその下忍が襲ってくる気配を気づかぬはずがあるまい。

青不動が、どの方角から竜法師に潜入するかはべつとして、すでに少将が歩を運ぶ道筋の闇に、多仲の配下の下忍が埋没されているものと覚悟しなければならなかった。

（とにかく、その妖怪にまでなり果てたという、多仲と申す忍者に会ってみたいものだ）

少将の若い心は、好奇心にかられながら、暗い道をさぐった。

ともすれば、草へ踏みこむ。足の裏に全身の神経を集中して、少将は道を選んだ。

（ふむ？……）

足の裏に感じつづけてきた堅い抵抗が、急にやわらかいものに変わった。ふわりと、体重が軽くなったような気がした。堆肥のうえを踏むような暖かささえ感じられた。

（土橋かな……）

なるほど、下のほうで瀬の音がする。

2

（土橋かな？）

もう一度、少将は思った。もし、少将が甲賀者の詐術を心得ているなら、このあたりで恐怖をもつべきだったのだ。すくなくとも、この異質な土は踏むべきではなかったのだが、少将の若さは、この足の裏の感触の異変に鈍感だった。

——少将は、さらに歩を踏んだ。

無謀に、結末がきた。急に、少将のからだが軽くなった。風が、下からふきあげてきて、からだをつきぬけた。橋がない。——

（あっ）

声はあげなかった。橋が消えたのだ。ありうべからざることだが、少将がたったいま踏んでいた橋が、霧散した。少将のからだは空間に浮き、落下しはじめた。

落下すると同時に、少将はきき腕をあがかせて闇の中で何物かをつかんだ。

木の枝らしい。なま暖かかった。枝ではなく、人の腕であることを知った。少将に腕をひきこまれた黒い影は、はりついていた土堤の内側の土から引きはがされて、少将とともに落下した。少将は、宙で翻って男の胸をおさえた。かわらに落ちたとき、少将の下になっていたその者は、声をあげずに悶絶した。

少将は、男のからだからゆっくり立ちあがって、あたりの闇にむかって、低くいった。

「高野ノ少将則近だ。こう、かわらにいる。とくと見さだめてから討ちかかるがいい」

反応はない。ないと見定めると、少将はからだにすきをひろげながら、あごをあげて上を仰いだ。土堤があり、土堤が黒い空を画していた。むろん、そこには橋のかけらさえない。

この里に住む妖怪どものいたずらだったのだ。道を踏んで歩いてきた少将の足は、そのまま、忍び者の腕がささえる偽装の橋をふんでしまったものだろう。

少将はかわらを見まわした。河床を裂いて細い流れが水を運んでいる。なるほど、そのそばに、長さ一間ほどの板がおちていた。これが忍具だったのだ。悶絶しているこの妖怪の眷族は、おそらく土堤の内側に身をはりつかせながら、板の上に土を盛った幻覚の橋をささえていたものと思われる。

(忍びの術というのも、種をあかせばこのように子供だましのようなものらしい)

少将は、くすりと笑った。笑ってから、その子供だましのようなめくらましにかかってしまった自分を、もすこし大きな声で笑い、やがて真顔になった。望月多仲という甲賀の怪を思いだしたのだ。

（多仲は、こうは容易にしおけまい）

少将は、まわりの闇の変化をこまかく観察しながら、かわらを土堤にむかって移動しはじめた。

3

そのころ、百済ノ門兵衛は、いったん宿の床へはいってみたが、やはりこの男でも気になるとみえて、

「お悠はん」

かま首をもたげて、ふすまにむかって声をかけた。少将と青不動のことが心配になってきたのだ。ふすまのむこうには、お悠が寝ているはずだった。

「寝たかね」

応答がない。

「幸吉」

こんどはでっちをよんでみた。このほうは、ねむそうな返事をしてよこした。

「嬢さんはどうした」

「へい」

生返事をしている。

「手洗いか」

「いえ、お留守だす」

「なに？」

門兵衛ははねおきた。わるい予感がした。身じたくをととのえて隣のふすまをあけ、

「どこへ行った」

「いえまへん」

「なンでや」

「門兵衛はんみたいな薄情者には黙ってえ、といわはりました」

「あほ」

門兵衛は幸吉の頭をひとつこづき、

「禁裡はんのあとを追うたな」

「そうだす」

「あほ」

門兵衛は、もうひとつこづいて、

「おまえは行くのをだまって見ていたのか。なんちゅうぼンくらじゃ」

門兵衛は自分の部屋にひきかえすと、刀をとって帯にねじこみ、

「ほんまに世話の焼けるやつらじゃ」

とつぶやいた。世話のやけるのはお悠ばかりではない、門兵衛にすれば禁裡はんも青不動も、それぞれ方向のちがった奇妙な情熱のとりこになっていて、門兵衛のような現実主義者の目からすればみんな常軌を逸していた。

4

宿場から四、五町も南へ駆けると、お悠のちょうちんらしい灯がすぐみつかった。

「おい、わしじゃ。門兵衛じゃ」

ちょうちんを持つ影がふりむいた。お悠は声にとげをふくませながら、ゆっくり、

「血相をかえて何事だす」

「こっちゃがいうことじゃ。引きかえさんかい。いったい、この夜道をどこへいく」

「竜法師へ」

歌うようにいった。相手をからかっているようでもあり、あてつけているようでもあった。

「門兵衛はんて、そんなにむげっしょなお人とは知らなんだわ。禁裡はんと青不動はんがあぶないめにあうかもしれへんのに、旅籠にのうのうと寝とるなんて」

「わいは夜なべがきらいでな」

門兵衛は、ぶぜんとした顔でいい、お悠の顔をのぞきこんで急にあやすように、

「そうかといって、おまはんが竜法師へ行ったところでなんのせんもあるまい？」

「ほっといて」

お悠があごをつき出した。

「おなごが自分の好きな男はんのあとを慕うのに、場所のえりごのみなんかあらへん。

損得なんか、いうていられますかいな」

「ほう、それならば」

門兵衛はせっかく歯をみせて機嫌をとるようにいいかけたのだが、あとがよくなかった。

「犬ネコの恋とかわるまい」

「知らん。犬ネコでけっこう」

ばたばたとお悠のちょうちんがかけだすのを、門兵衛はしかたなしにあとを追いながら、

（あほらし。このぶんではまた夜なべじゃ）

がっかりして、つぶやいた。

横田川の土堤を越えて、かわらをわたった。わたりながら、念のために門兵衛はお悠にちょうちんを消させ、手をひいた。

「道行きやな」

門兵衛は笑った。

お悠は、だまって、握られている手のひらのなかで門兵衛の指をつねった。

「痛いがな」

「相手が悪うおます」

「悪い？　そら了見ちがいや。こんなええ男はないぞ。大坂おなごには大坂男にかぎる。その辺に草のしとねがあるさかい、いっぺん味おうてみたらどうや」

冗談をいいながらも、門兵衛はゆだんなくあたりを見透かしながら慎重に歩を運んでいた。

5

道の半ばまできたとき、少将則近は背後から自分をつけてきている湿った足音があるのに気づいた。歩度を落とすと、足音のほうも、闇のむこうへ遠のく。

（奇態な。……）

少将は、路傍の草の上に腰をおろした。足音をやりすごそうと思ったのだ。

そのとき、足音のあたりで、ぼおッとあたりが明るくなった。足音がちょうちんをつけたらしい。小さな人影のようなものがみえた。

ちょうちんが、まっすぐに少将のほうにちかづいてくる。妙なことに、灯と音が入れかわった。ちょうちんがつくと同時に、足音は消えていた。

少将は、待った。

ちょうちんがきた。

音もなく、少将の目の前を通りはじめた。

少将は、必死の努力で驚きにたえた。ちょうちんには、それを持つぬしがいなかった。灯のみが、目の前をゆらめきながら通ったのである。

「おのれ」

抜きうちに両断しようと、刀のつかに手をかけたとき、

「ええ晩どンな」

「ふむ」

目をみはった。れきぜんとそこに人影がいたではないか。たったいま闇の中で誕生したばかりの背の低い百姓ふうの老爺が、薄気味のわるい笑いじわをつくりながら、

「どちらまで」

「なぜきく」

「不案内なら、先導して差しあげようと思うてな」

いいつつ、するすると足音もなくすり寄ってきた。少将は立ちあがった。いつでも抜き打てるように体を左にひらきつつ老爺を避けようとしたのだが、少将が作ったせっかくの空間へ老爺はスイとはいりこみ、さらに開くと、次の瞬間にはもう少将の胸もとへあごを寄せてくる。

「おい」

少将は腕をのばして、相手の胸ぐらをつかんだ。しかし、こぶしはむなしく空をつかんだ。

(幻術か)

ようやく、それに気づいた。気づいたとき、少将は覚醒していた。凝視すると、胸もとにすり寄ってきたはずの老爺の影は消えはてていた。

少将は、あたりを見まわした。

この闇のどこかに術者がひそんでいるはずであった。

ちょうちんがくせものなのである。最初は足音を聞かせ、つぎは灯を見せた。足音を聞かせたのは少将の脳裏にまず聴覚による像をつくらせるためであり、さらに音と灯のうごきによってしだいに催眠状態に誘いこみ、陰から声を発することによって、さきほどの足音の像を視覚化させた。……

老爺は消えたが、ちょうちんだけは、闇の空間にゆらめきながら浮かんでいる。

少将は、そのちょうちんをなめるように見た。見つめおわると、少将のからだは地をけってちょうちんをおどり越え、空中に浮かび、浮かんだままキラリとひらめいた白刃が、道路の向こうに潜んでいた黒い影をまッこうから両断していた。

「ぎゃっ」

妖獣のような叫びをあげて、影は地上に黒いしぶきをまき、同時に、細長いつりざおのようなものが舞いあがって、地に落ちた。その先端でちょうちんが燃えはじめた。

少将がすばやく火を踏んでにじり消したのは、闇のどこかにいる敵に所在を知られまいとするためだったが、処置はすでにおそかった。

火の粉の舞いたつ少将の足もとをねらって、数条の白刃が殺到していた。

少将は上段から打ちこんできたひとりのつばもとをたたいてあやうく身をかわすと、左手ですばやくわき差しをぬいて、二天にかまえた。攻撃よりもむしろ、多数の殺到を防ぐ防御の構えだった。

わき差しを中段に据え、大刀を上段に遊ばせながら、

(三人。いや四人か……)

かろうじて闇の中の影を数えつつ、目のはしで、身を守るべき地物をさがした。

敵は、少将の周囲を目まぐるしくまわりながら、仕掛けるすきをねらっている。まるで一組で所作をする舞踊のようなみごとな呼吸のリズムをみせるのだ。

「いッ」

陰気な気合いとともにひとりが上段から斬りこんでくると、それを受けるために少将の胴があく。あくと同時に、

「しッ」

とすばやく別のひとりが逆胴につけ入ってくる。かわすためにくずれた少将のからだを、背後のふたりが、

「たあッ」

とおびやかすという甲賀者独得の暗殺法なのだ。

(まずい。……)

相手を斬ることもできない。斬るほどの力を、一つの動作に集中するだけの余裕をも

たされていないのだ。

（逃げるにかぎる）

少将は左足の親指をそっと鼻緒から抜くと、前の男の顔にむかって一気にぞうりをけりあげた。

「あッ」

男が刃で払ったとき、少将のからだは刺客の間を縫ってあやうくすりぬけていた。

「追え」

四本の白刃は、背後に集中した。このまま間道を南へ走れば、竜法師につく。あとはそのときのことだ、と意を決したとき、背後の刺客の足並みがにわかに乱れはじめた。

（どうかしたかな？）

少将が思わずふりかえったとき、にわかに闇のなかに血のにおいが散った。

影が、入り乱れている。

闖入してきたらしいひとつの影がどなった。

「甲賀の軒猿ども」

百済ノ門兵衛だった。

「命をわやくにするな」

(相変わらず、あの男の刀術はみごとだな)

少将は舌を巻く思いがしながら、門兵衛の背後に寄った男の腰車を力まかせにけりあげ、

「この男のいうとおりだ。さっさと消えたほうが利口だろう」

「もっとも、もっとも」

門兵衛も、闇の中で大口をひらいてわらった。

刺客が散ってから、少将は門兵衛と肩をならべて竜法師への道を歩きだすと、ふと、うしろから脂粉のにおいが漂ってきた。

「なんだ、お悠か」

「うふ」

お悠が門兵衛の背にかくれて笑っている。

「いま時分、どこへ夜遊びかね」

「竜法師まで」

「なにをしに」

「禁裡はんをおまもりしに」

「それは重畳」

あきれている少将の胸もとへお悠がとびついてきて、

「行ったらあかん。旅籠へ帰りましょう、な。あんなあぶない所は、青不動はんやこの門兵衛はんに任しといたらええねん」

「ふん」

門兵衛は横で水ばなをこすりあげ、

「無茶ぬかしやがる」

不足そうに苦笑した。

6

その刻限、名張ノ青不動は、風下をえらんで竜法師のツバキ屋敷のから堀のなかに身を伏せていた。

屋敷の背は山を負っており、西はそのまま谷になってそぎおち、長屋門のある東側のみが、堀をうがっている。

青不動は、もう一刻あまりもから堀の底のこけをかいでいるのだが、まだ身じろぎもできなかった。風が、かれの予期したほどには容易に強まって来ないのだ。

(今夜はむだぼねかな)

なんども首をかしげた。

子の刻になれば風は強まると判断し、配下の下忍五人を風上の山側に伏せておいた。風が谷間のやぶを鳴らしはじめるのを合い図に、油布を巻いた火矢を射かけ、それと同時にから堀に伏せている五人がいっせいに起きあがってへいに雲梯をかけてよじのぼり、一気に屋敷に乱入するのが、青不動の手だてだった。忍者が忍者の屋敷を襲うときは、なまじい策をろうするよりも、正攻法がいい。それが伊賀甲賀の定法であり、青不動も型どおりに手配したのである。

ただ、このツバキ屋敷がここまで伊賀者を吸い寄せておきながら、暗い沈黙をまもっているのが、青不動にすればかすかにぶ気味ではあった。

(まさか、けどってはいまい)

石がきをみた。さらにそのうえの白い練りべいを見あげた。そのとき、

（あ、風。……）

吹いてきた。

西側の谷間のやぶがざわざわと騒ぎはじめた。

「たて」

口ではいわず、青不動は、こけをむしり、その一きれずつを横に伏せている四人の配下に投げて注意をうながすと、石がきの根にすり寄った。

「雲梯を」

ひとりずつが、先端にいかりのついた縄ばしごをとりだし、ゆるやかに空中へまわしつついっせいに投げた。

「のぼれ」

一丈はあるだろう。五つの黒い影が、天にむかってのぼりはじめた。

石がきをのぼりつめ、壁にさしかかった。青不動は、空を見あげた。

裏山をはねあがった数本の火矢が、あかあかと炎を引きながら屋敷のなかへ吸いこまれた。

（できたぞ！）

青不動が思わずうめいたとき、不意に雲梯をつかんでいるからだが、ゆらりと揺れた。両足がへいをはなれて、空を踏んだ。月が動いている。月がさらに動いていく。青不動のからだは、いや青不動だけでなく、五人の忍者のからだは、雲梯をつかんだまま、天をはいてうしろへ浮かび流れようとしているのだ。

(しもうた。……)

青不動の血が凍った。

いよいよからだがうしろへ流れていく。雲梯のいかりはたしかにへいのかわらにかみついてはいた。しかし、青不動は見た。

目の前に、もうひとつのへいが、凝然としてそびえたっていた。にせべいだったのだ。

かれらがのぼりつめたころを見はからって、屋敷内の者が仕掛けを操作して、にせべいを空へ放ったのである。

落ちる。

五人の忍者は、虫のように落ちていく。

青不動は、落ちていく闇のなかで目をひらいた。そのとき、視野いっぱいに赤みをおびた巨大な顔が笑うのを見、声をきいた。

（多仲。……）

青不動は、夜気を切り裂いて落ちながら、伊賀者らしく自分の運命を観念した。

甲賀の谷

1

ひどく長い時間のように思われた。落ちながら、青不動の脳裏に、さまざまな想念が走りすぎた。

（田毛《たげ》は、いまごろ、どうしているかな）

田毛とは、青不動が、国もとの伊賀名張ノ里に置いてきた女のことだ。

（草太は、もう寝たろうか）

田毛との間にできた子供の寝顔が、ありありとうかんだ。まぶたから涙がふきでては、ちぎれて空へとんだ。

京の尊融法親王によばれて伊賀の山峡の里を出るとき、田毛は泣いてとめた。旅装束の青不動のすそをつかんだまま、もみ干し場でもみにまみれてころびながら、

「この暮らしを捨てて、なぜ行くのじゃ。草太をかわゆいとは思わぬか。是非いきたい

なら、わたしをころして行け」

「やくもない」

青不動は、すそから、田毛の指を一本ずつ引きはがした。こんなていたらくを、近在から狩りあつめた下忍たちに見られたくなかった。

「なあ、田毛よ」

哀訴するようにいった。

「ゆうべもいうた。なあ、いうたぞ。男というものは、からだの中にせんもない虫を飼うている。一生、妻と子にかこまれて安穏に暮らすのがしあわせかもしれぬが、この虫は、そういうしあわせが大きらいでな。妻が思うしあわせの中に身をおくと、この虫はしだいにやせて夜泣きをしては、男を苦しめる。ついに虫がたけりたてば、宿ぬしである男も制することができぬ」

「そんな虫、ひねりつぶしてくれよう」

「おなごでは、かなわぬわ」

「なんでじゃ」

「わしの手にさえおえぬのに。なあ、田毛よ。男が虫をおこしたとき、みごとあきらめるのが、おなごの潔さじゃ。わしは、幼いころから、この郷の祖法である忍びの術をまなんできた。わしの虫が、その術を食うて育ってきたというてもよい。なあ、田毛よ、とうとう、虫は術を食いすぎて、わしのいうことも、なだめることもきかぬようになったわ」

「なにを、じゃ」

「まだわからぬか」

「なんどいわれてもわかりはせぬ」

「天地に出よ、と虫はいう。人の世の人のるつぼのなかで、おのれの絵をぞんぶんに描いてみよという。人のいのちは、五十年以上は長らえられぬ。おのれの絵を描くことによって身を破ったところで、たかが知れている、絵を描かずに、おなごのひざの下で暮らしているよりか、なんぼうかましじゃと虫はいう」

「ずるい」

「なぜじゃ」

「虫にことつけて、おまえの口がいうているのであろう。わたしがいやになったのじゃ」

「田毛よ、おまえはだれのすそをつかんでいる」

「知れたこと」

「ちごうた。ここに立っているのは、おまえの亭主ではない。虫が立っている。いっぴきの虫が、いまこの家の戸口から出ていこうとしている。安心せい。田毛、しかしおまえのあるじは、いつまでもおまえのそばにいるわ」

その日は、朝から曇りがちの空だったのを覚えている。田毛をふりきって出た青不動は、裏木戸のそばで、つとふりかえったとき、天がにわかに曇った。薄ぐらい庭のひかりの中で、田毛はもみにまみれながら、むしろの上にネコのように背をまるめて動かなかった。

(田毛よ)

青不動は、念ずるように思った。

(人間はいつまでも生きぬ。いずれ、おまえもわしも死ぬ。死んで、たがいに欲念がのうなったときにのみ、おなごは男を、男はおなごをわかり合うことになる。それまでのみじかいいのちを、悲しみたいなら、おまえだけは悲しんで生きよ)

2

青不動は、夜を裂いて落ちていく。

田毛のことを思うた次の瞬間には、少将の顔が脳裏をかすめていた。

(御所様)

青不動は、虚空で赤い口をあけた。

(あなた様もおかしなお人じゃ)

声をたてて笑った。男が、ほかの男の虫をおかしんで笑うときほど、しみじみと楽しいことはない。

少将則近の虫がなんであるかは、青不動にはじゅうぶんにはわからなかったが、京におれば四位ノ右近衛少将でおさまっていられる身分を、かれもまた、なにかの虫によってこのような山野に身をさまよわせているのだ。

(おかしい)

青不動は、もう一度声をたてて笑った。

(しかし、あの虫は、ずいぶんと明るくてのんきそうな虫じゃな)

また笑い、すぐ真顔になった。青不動の虫は、ただ一点、右近衛少将則近という公家密偵使を、無傷のままで江戸へ送りこむことに、虫としての意地とほこりをかけていたのだが、

（それも、ここで死ねば水のあわになってしまう）

しかし、まあ、いい。

そうも思った。

（人間は、死にぎわに、あきらめるかあきらめないかで、その男の一生のねうちがきまるものだ）

それが、青不動の哲学だった。落ちながら、ちらりと、百済ノ門兵衛の大きな顔の造作を思いうかべた。

（あの男がいる）

門兵衛が、なんとかするだろう。

（どこに正気があるのかわけのわからぬ侍じゃが、腕だけはたしからしい。ひょっとすると、刀術では、わしもかなわぬかもしれぬ）

門兵衛の顔を浮かべた瞬間、青不動はなんとなく気持ちがやすらぎ、安らいだひょう

しに、

(あッ)

からだが、くるりと宙で一回転した。かれを作りあげてきた長い修練が、地に近づくにつれ、その意思とはべつの強制するものがあって自然とからだの位置を転倒させたのだろう。青不動の腰が沈み、両足が下になった。

その拍子に、青不動のからだは、ちがった質の世界に突きささった。

足もとから腰へどろが殺到し、さらに目鼻をおおい、やがて頭上を、どろの厚い層がおおいはじめた。

(おお、から堀の泥のなかじゃな)

見当はついたが、呼吸ができない。

青不動は、しずかに臍下に気を沈めつつ、泥の中で右足をあげた。

あげたまま、力をぬいて泥の中にその足を遊ばせつつ、こんどはそっと左足をあげる。

その姿勢のまま、腰から下には力を入れず、肩のみを動かして、じりじりと上体を上へせりあげていき、その動作をくりかえすことによって、やがて目と鼻をどろの上へ浮

きあげさせた。ながい呼気を吐きだすと、

(下忍たちは……?)

目を闇の中にこらして、から堀を見た。

「おお、いたか」

「ここに」

闇の中で答える声がした。

(さすがに、伊賀の者じゃ)

青不動は満足しつつ、

「失策《しくじ》ったわ」

と、小さく笑った。

「退散でござりまするな」

「ああ、京まで、それぞれ好きな道すじで逃げるがいい」

「では」

首から上だけの男が、会釈した。

「おつつがなく」

「おまえたちもな」

青不動は、枯れ草でおおわれた泥の表皮にはいあがると、あらためて屋敷を仰いだ。

（火のほうも失策ったらしい）

へいからのぞいているくろぐろとした屋根の群れには、火の気配さえたっていなかった。

（多仲は、さとくも人を差し配って、射るしりから火をもんでまわったらしい。まあいい。火矢組も無事に逃げたろう）

その場で忍び装束をぬぎ、どろの中にうずめると、青不動はすばやい身さばきで石がきにとりついた。

よじのぼって最後の草をつかみ、一挙にからだをせりあげて、道の上にころがったとき、

（……？）

妙なものを見た。いっぴきの犬がはいかがんで、じっとこちらを見ていた。

（この犬は、さきほどもいた）

たしか、から堀に降りようとするときに、道を横切った影はこの犬だった。

（ほえもしなかったが……）

いまも、影を沈めたまま、じっと、青不動をうかがっているようであった。

青不動は、草の中から犬を見つめているうちに、からだじゅうの血が凍るような思いがした。

（こいつ……、犬ではない）

青不動はとっさに手をふところに入れて八方手裏剣をつかんだ。

犬は、じっと青不動をみつめたまま動かなかった。

（まずい。……）

犬が、みつめていた。

（手が……）

犬の視線にどういう呪縛があるのか、関節が溶けたように動かなかった。ふところの中でにぎっている八方手裏剣の刃が汗にぬれ、それがみるみる冷えていくのまでわかった。

犬の影は、うごかない。

青不動は、声をあげてこの奇妙な緊張を破ろうとした。が、肺をふきあげた呼気はのどでむなしく消えた。

消えたとき、犬が、はじめて動いた。影全体で、声もなく笑ったようであった。

やがて、聞きとれぬほどの低い声が、その影からもれた。

「…………」

え？　青不動は聞きかえそうとした。及び腰の姿勢は、すでに青不動の敗北を意味していた。

犬の声がもれた。

「名張ノ青不動とは――」

青不動は、奥歯をかんでだまっていた。影はゆっくり首をかしげて、

「そちのことか」

歯の根がゆるんだ。青不動はふきあげるようにうめきつつ、

「な、なに者じゃ、うぬは」

「ふふ」

のどもとで笑って、影は立ちあがった。

「おのれが求めている竜法師の望月多仲とはおれのことよ」

犬の影は、もはやどこにもなかった。小がらな、貧寒とした老人の影がそこに立っていた。

「多仲……」

「しかし」

多仲は含み笑いをして、

「から堀からはいあがって、どこへ行くつもりだったのかな。水口の宿か、それとも京か」

「おのれ……」

「戻る先を考えるだけ、むだだろう。無用にしたほうがいい。そこに、そのほうの仲間がいる」

「…………」

「見えぬのか」

青不動は、視線をこらしてあたりを見まわしてから、

（あっ）

と声をのんだ。

なるほど、仲間がいた。

堀から草の上にはいあがったままの姿勢で、四人の仲間が、ほとんど等間隔に土をつかんでたおれていた。

「う、うぬのしわざか」

「うごかぬほうがいい」

多仲は手のひらの中のものを、ぱちりと指ではじいてみせた。細い両刃両頭の手裏剣が、淡い雲間の光の足の中できらめいた。

「死んでもらう」

「ふ」

青不動は、ふとく笑った。

「やるがいい」

ふところの中で、八方手裏剣の刃をなでた。相討ちでいい。多仲の影が動けば、同時に手首をはねてこの黒い星のような吸血具を飛ばしてみせるつもりだった。

多仲も、薄刃の鉄片をにぎっている。

「うごくな」

「さしずは受けぬわ」

青不動は、すばやくあたりを見まわして、ほんの二間むこうにツバキの木が暗い影を作っていることを知った。

(あれをたてにとれば)

はたして、そこまで行けるか。

じわり、と青不動はぞうりのうらをにじらせた。おりあしく、月が雲間を放れて、かすかに青不動の足もとに影をつくった。影が、じりじりと移動した。

多仲は、呼吸をはかっているらしい。青不動の姿勢にひずみができ、しかも息を吐いたその瞬間をねらって手の内のものを飛ばすつもりらしかった。

(ツバキの木までいけば)

遠かった。わずか二間のむこうが、千里の遠さがあるようにも思われた。

あたりが、明るくなった。

すぐ、暗くなった。

雲の足が早くなっているらしい。

(たすかるかもしれぬ)

青不動は、ふと気をかえた。

そのとき、月が、厚い雲にかくれた。

と同時に、青不動の足は地を放れた。黒い影がツバキのほうにとんだ。

それを慕うように、多仲の手から黒い物が離れて、虚空にある影を刺しとおした。

影は、地に落ちた。

多仲の口から、短い舌打ちがひびいた。

「ざれたまねを……」

虚空でしとめた影は、青不動がすばやくぬいで投げた胴着だったのだ。胴着から抜けた青不動のからだは、ツバキとは逆の方向にとんで地に伏し、伏したまま、ひざとひじをさらさらと動かして多仲の位置から遠ざかりつつあった。

そのときであった。竜法師の部落にはいった少将則近が、ゆっくりとツバキ屋敷への小みちをのぼりはじめていた。

3

竜法師のツバキ屋敷への道は、部落の入り口のあたりから東西にふた道にわかれている。つじのそばに小さな丘があった。夜目にも石段の白さが目にたつところからみれば、この上に、寺か鎮守の宮があるらしかった。

百済ノ門兵衛は、石段わきの木立ちのなかにお悠を押しこめ、

「よいか」

と肩をおさえた。

「おとなしゅう、うずくまってもらおう。いずれ、明けがたまでに禁裡はんもわいも、機嫌よう戻ってくる」

お悠も、さすがに竜法師の部落へ足をふみ入れるのはこわかったらしい。すなおにこっくりすると、

「門兵衛はん」

「なにかな」

「これ」

「あじなところに気のつくおなごやな」

門兵衛は感心しながらお悠から手渡された竹の皮包みをふところへねじ入れた。握り

めしがはいっているのだろう。

少将則近は東の道をとり、門兵衛は西の道をとった。いずれにせよ、ほとんど等距離でツバキ屋敷の長屋門の前につくはずであった。

歩くうち、さきほどの包みがふところの中で暖まってきて、香の物のにおいがたえず門兵衛の鼻先にただよった。

(これはいかん)

いくら闇の中をひめやかに歩いていても、嗅覚に鋭敏な忍びの者が鼻をきかせれば、

(まるでここに門兵衛が歩いている、と触れているようなもんやないか)

と思ったが、門兵衛は捨てなかった。お悠のせっかくの心づかいがあわれだったのだ。

4

坂をのぼりきったあたりで、少将則近はふと足音を消して、身をかがめた。

平たい影が、地を横ばいにはいつつ、こちらに近づいてくる。

その異様な姿態と速度が、なにか昆虫の変異でも見るような思いがして、さすがの則近の背に冷たいものが走った。

昆虫は、不意にくびをあげた。

「あ、御所様」

（青不動か……）

則近はだまっていた。

「早う」

「なんだ」

「退散なさるのじゃ。常人の来る土地ではない」

青不動は、語気荒くいった。

「逃げてもよいが門兵衛が向こう側の坂をのぼってくる」

「ばかな」

「ばかはおまえのほうだろう。なぜこのような場所にきた」

「ちッ」

青不動は立ちあがって、やにわに少将を突きとばそうとした。少将はひらりとさがると、ふたりのあいだを、黒い物体がかすめ飛んだ。

「あ、あれに、望月多仲がおり申す」

「あの方角か」

少将は、地にひざをついて闇を見た。

「いる。しかし、そのうしろに近づいている影が見えぬか」

「あ、あれは」

「そう。門兵衛だ。あれを見捨てて逃げられはすまい」

「どうなさる」

「望月多仲とやらを、斬るしか法がないさ」

「そう簡単には……」

「やって見ねばわかるまい」

少将は、ぽんとぞうりをけって捨てた。

「御所様」

青不動が声をかけたとき、少将則近はゆったりと背をみせて歩きだしていた。

(なんと、のほうずな……)

少将には、べつに勝算があったわけではなかった。妖怪のような相手には、むしろ素のままの虚心で対決するほうがいいとおもっただけのことだった。

（ほう）

目をほそめて、闇の先をみた。多仲らしい男のそばに、いつのまにか、五、六人の人影がとりかこんで、少将と門兵衛が東西から近づいてくるのを待っていた。

少将は、どことなく木の芽がかおりはじめているこの夜の風のなかを、まるでそぞろ歩きするようにゆったりと歩いた。

黒い群れの中から、ふたりの影が離れた。

風狂者のように、道の上でひらりひらりと両足をはねさせ、やがてかん高い笑いを虚空に残すと、ひとりは風に乗り、ひとりは風にさからって、少将と門兵衛のほうへ、矢のように走りだした。

少将は、腰を沈め、じっとそれを見つめた。

顔を、つかでおおっている。刀先を天に指し、時に道の右にとび、時に左にはねて、少将の視点を間断なく変えさせた。来た。

少将は、左手を腰に添えた。刀をひねってこじりを上げた。

「ちいい……」

男は音もなく天に飛び、頭上の剣はそのまま天にのびてまっこうから少将の頭上を襲うとみた。が、少将は、なおも剣を抜かなかった。理由はあった。剣をぬいて構えれば、変幻する相手の剣について対応してしまうおそれがあったからだ。果然、男の斬撃の剣は風に溶けるように消えるや、地に降りたつとともに、刺突の偽態に移っていた。

少将は、目をつぶった。

「ちいいい……」

虫のすだくような男の声は、自在に高低変幻しつつ少将の左右前後に飛びかかった。

少将は、なおも目を閉じていた。しずかに心気を静めて、全身の神経を、ただ男がかきみだす夜気の流れの中にのみひたしつづけた。

夜気がとまった。

少将の右手が走った。

夜気が切れた。

少将の右手から、暗い閃光がふきあがって、あたりに血のにおいが満ちた。

5

ほとんど同時に、闇のむこうでのど笛の吹き切れる声を聞いた。

少将は、青不動のほうをふり返えって、

「あれは？」

「さよう」

青不動は地をはって目をこらした。

「門兵衛どのでござる」

「斬られたのか」

「いや、立ってござる。しかし、あら手が掛かっているようじゃ」

少将は、刀を収めると、

「青不動。――ぞうりを」

「は」

そろえるのをゆっくりとはき、闇を踏んで多仲のほうに近づいた。

影の群れは、いっせいに少将を見た。少将は声を押えて呼ばわった。

「望月多仲」

いらえがない。

「身は」

則近はいった。

「右近衛少将高野則近であるぞ」

そばで聞いていた青不動が、おどろいて目をあげた。公家密偵使が名乗りをあげると
いうことはないだろう。

青不動以上に、多仲をとりまく群れはおどろいたらしい。

少将は、ずかずかと近づいていって、

「許そう。そばへ寄ってよい」

群れを一巡見まわしながら、

「そのほうが、望月多仲と申すのか」

指で示した。

「いや」

男は、物おじしたように仲間の群れの中に隠れた。

青不動は、いずれも面を黒い布でおおったその群れの人体の一つずつを子細に見て、おどろいた。いつのまにか、多仲が消えているのである。

一方、門兵衛のほうは、しきりに跳躍してくるあら手の男のやいばを避けていたが、急に大きくさがって、ぱちりと刀を収めると、

「あほ。騒《ほた》えるな」

ときめつけ、

「あれを見い」

と少将のほうを指さし、指さしたままの姿勢で、げらげらと笑いだした。

(この男、気でも狂ったのか)

いどみかかっていた男が、けげんそうに首をひねる様子をするのを、門兵衛はかまわずになおも笑いつづけ、

「これが笑わずにいられるか」

とつぶやき、

(軒猿どもは、狐狸のように人の心をいたぶる術にたけておるときいている。事実、お

そろしくもある。しかし)

門兵衛はあごをしゃくって、まるで仲間にいいかけるように、

「おい、何をしとる。あれを見んかい」

といった。

「お公家はんというのはなあ、旅をすると、使うた湯の残りをもろうて、庶人どもが薬湯にするというわ。それほどにとうといかたがあれに見える。早う行って拝まんかい」

門兵衛は高声で笑いながら歩きだした。

「世の中はおもしろい」

それがいかにもおかしかったのだ。人の心をいたぶる軒猿も、しょせんは庶人の愚かしさの外には出られないかもしれない。

則近が、改めて高調子にその身分と名を名乗ると、あの一群の軒猿の群れから、にわかに妖気が消え、まるでのら帰りの百姓のように則近の前で慴伏《しょうふく》している。

「おい」

門兵衛は、軒猿のひとりの肩をたたいた。

「よう働いて腹が減ったやろ。これでも食わんかい」

もぞもぞとふところから、お悠が用意してくれた竹の皮包みをとりだした。門兵衛には、門兵衛なりの、独特の人間操縦術があるのだろう。

土山の夜雨

1

あんどんが消えている。

寝息が、きこえていた。

お悠は、少将の部屋の外にひざをついて、障子に手をかけてから、ひとりで赤くなって、うつむいてしまった。

(かまへんやろか——?)

さすがのお悠もこわくなった。少将が大坂の小西屋の寮をたつ前夜、思いあまって少将のまくらもとにすわってしまったことのあるお悠だが、あのときは夢中でとびこんでしまった少将の部屋が、今夜はどうしてもはいれないのである。

(二度もこんなことをして、きらわれへんやろか)

それがこわいのだ。障子に触れている指がふるえた。指だけではない。つめたい廊下にすわっているうちにからだの内側まですくんでくるようであった。

（ほんに……）

お悠は、そっと自分のひざをつねってみた。

（やっぱり、痛い）

これが、ひとから勝ち気だと笑われている自分なのかと疑いたくなるほど、お悠は身のうちがそぞろになってきていた。

（けったいやなあ。……）

お悠は胸をおさえた。小西屋の寮では、あれほど大胆にふるまった自分が、と、お悠はふしぎな思いがした。

（わからへんなあ）

お悠は気づいていない。小西屋のときには、お悠は、むすめだった。しかし、いま障子のそとでふるえているお悠は、あのときのお悠ではなく、その夜以来、男を知ってしまっているひとりの女にすぎなかった。

身のうちがすくむのは、自分の大胆さがおそろしいというよりも、むしろ自分の中からにおいたつ女のなまなましさにむせているのだろう。

かったのだ。

――もっとも、この障子の外にたたずんでしまうまでに、お悠の心はずいぶんと重

2

きょうの午後のことだ。

そもそも、この土山の宿に早泊まりしようといいだしたのは、百済ノ門兵衛だった。竜法師の里でまる一日道草を食ったとはいえ、ふつうの旅人の常識ならば、暗くなるまでに鈴鹿峠を越えて、向こうふもとの坂の下の宿場まで足をのばすべきであった。

「歩けん」

竜法師から水口へもどる途中で、門兵衛は腰をのばしていった。

「なんぼ小西屋から頼まれて禁裡はんの付き添い人になってるとはいえ、夜の目も寝かさんというのはむちゃすぎるがな。大坂では、日暮れから寝て、日の高うなるまで寝間でいるのが自慢の男やったのに、おとといから、ろくすっぽうねむっておらんわい。きょうは、どうあっても土山泊まりじゃ。東海道では二番めにうまいという土山のそばをた

らふく食うて、今夜は宵寝をするぞ」

「門兵衛どの、道中には道中のけじめがござる。日の高いのに旅籠にとまるのは、だいいち、お鳥目がむだじゃ」

「おまえはだまっておれ」

門兵衛は、相変わらず青不動にだけはいたけだかで、うしろをむきながら、目をむいた。

「竜法師で、わいが助けに行かなんだら、おまえはどないなってたかい。おまえのような化け物は夜走りするのが本性やろうが、わいのような真人間は夜は寝るものときまっとる」

「門兵衛」

少将は、門兵衛のぼやきをききながら、苦笑していった。

「もういい。土山で泊まろう」

「へい」

勢いよく返事をしてから、門兵衛は歩度を落として、うしろから供のでっちを連れてついてくるお悠のそばへいき、

「聞いたか」

　とささやいた。

「うん」

　お悠は、こっくりとうなずいた。

「委細は、相わかったな」

「なんのこと？」

「あほ」

　門兵衛はこわい顔をして、そんなことがわからんのか、といった。

　その日の午後、一同は土山の宿の大黒屋長兵衛という旅籠にはいった。

「金は、いうなりにやるゆえ」

　門兵衛は旅籠の亭主をよびつけていった。

「相宿はあかんぞ」

　少将とお悠はそれぞれひと部屋ずつ取り、門兵衛と青不動と幸吉は相部屋にした。

　青不動は、門兵衛のそでをそっと引いて、

「おいたわしゅうござるな」

「だれがや」

「御所様のことでござるよ。本来ならば、四位ノ右近衛少将さまといえば、関札をかかげ、宿場役人のあいさつを受けて、本陣におとまりになるご身分じゃ。われわれ雑輩と」

「雑輩？」

「いや、門兵衛どのはべつとして、やつがれのごとき伊賀者とおなじ旅籠に伏せられるのがいたわしゅうござる」

「ふん」

門兵衛は、そんなことに関心はなかった。大坂者は、ぶんざいに鈍感だという。少将がどこに泊まろうと門兵衛にはべつにいたわしくもかゆくもなかったが、大坂者らしく男女のことになると、青不動などとはちがい、ことさらに繊細な心配りをするのだ。青不動が「おいたわしい」といったのも、

（お悠のことかい？）

と、とっさにとりちがえてしまったのだ。

（かわいそうに、あの娘はうかうかすると、今夜もひとり寝やろ）

思わず武士の目に涙がにじむほどに哀れに思えたし、心配でもあったのである。

そのお悠は、夕方、ぬれ縁に出た。

たたずんで、ぼんやり中庭のむこうの夕空が暮れていくのをながめた。

鈴鹿峠が、おどろくほど近くにみえた。馬子歌にいう、坂はてるてる鈴鹿はくもる、とは、峠のふもとのこの土山の宿をうたったものなのである。

暮れなずむにしたがって、山はあかねがさし、やがて濃いあい色に変じた。

そのあい色がうすくにじみはじめた。お悠のつぶらな目に、涙がふきだし、はじけるようにほおにあふれてつたわった。

(あほらし)

お悠は、くちびるをかんでつぶやいた。人前では陽気で勝ち気なこの娘の、この娘らしい感傷だった。つくづくと、自分が、ばかばかしくなってきたのだ。自分が思うほどにはこたえてくれない男を、この先どこまで追っていけばこたえてくれるようになるのだろうか。

(もう、やんぴこ。やめて、あしたは大坂の町へ帰ろうかしらん)

疲れていた。疲れが、お悠をふと底冷えた冷静な自分にもどしていたのかもしれなかった。

「ああ、情けな。……」

声を出して、つぶやいてみた。自分の声をきいてから、お悠はひどくおなかがすいていることに気づいた。

(そうや。それもこれも、おなかがすいているせいかもしれん。みんな、もう晩ごはん食べてるやろか)

帯で締められたおなかが、虫のように鳴いた。

(なんのおかずやろ)

遠い台所から流れてくるにおいを、お悠は目を輝かしてかいだ。

(川魚らしい)

いきいきと立ちあがった。そんな自分を、

「あて、あほやな」

そう思って、くすりと笑った。さきほどの悲しみは、すっかり川魚のために忘れてしまっているのだ。

(せやさかい、あては、もともと自分で自分を、なあ)

信用していないのである。お悠は、ころころとえずいてくるおかしみを、帯の上から白い手のひらでおさえるようなしぐさをして、首を二、三度ふった。

3

その同じお悠が、冒頭の時刻では、障子の外で、ひざの内側をふるわせていたのである。

(やっぱり、もどろう)

そう思って立ちあがりかけたとき、うしろからそっと肩をおさえた者があった。

お悠はおどろいて、肩の上の手を見た。少将則近の手だった。部屋の奥のふすまをあけて廊下へ出、そっと様子をみにきたものだろうか。

「あ」

お悠は、小さく叫んだ。

「宿直をしてくれているのかね」

少将は、口では皮肉をいいながらも、顔だけは暖かくくずして、お悠をのぞきこんだ。

「うん。——」

お悠はうつむいて、たもとをいじった。

「宿直なら寒いだろう。この旅籠の自慢のそばでもとってやろうか」

「おなかは、もういっぱい」

「なにがほしい？　点心か」

「いらん」

「妙に今夜はぶあいそうだなあ」

「禁裡はん」

「なにかね」

「けったいな男はん！」

お悠はいうなり、たもとから白い腕を出して少将のほおをぶった。ほおが、鳴った。

お悠は、はっと棒立ちになった。少将は、苦笑して立ちながら、

「どうしたのかね」

「知らん」

お悠は、少将の両手の下からすりぬけて、廊下をむこうへ逃げようとした。少将はお悠の右のかいなをつかんで、

「教えてくれなければわからない。いったい、わたしがどうしたというのだ」

「性悪男。……」

「こまったなあ。なにが、そんなに不足なのだ」

「それを──」

お悠は、キラリと目を光らせ、ことばをとぎらせてつばをのんだ。少将は、まつ毛をあげて、あらためてそんなお悠を美しいと思った。お悠はいった。

「あての口からいわせようとしやはるの？」

「いや」

（とうとう、おこらせてしまったな）

少将は苦笑した。

ふと、植え込みのあたりで、はくような音をきいた。

「雨か」

「………」

きっとくちびるを締めたまま、お悠は返事をしない。

「さすが、夜雨で知られた土山の宿だなあ」

「えらいご風流なこと」

「これでも、公家だからね」

「きらい」

「なにが？」

「お公家はんなんか。——おなごの心をいたぶることだけがおじょうずやわ。……あては」

「なにかな」

「よう言わん」

「言え」

「抱……」

「うむ？」

「……いて」

お悠は、まっかになって少将の胸に飛びこんできた。音がした。少将は、左足を引いてあやうくお悠のからだをささえた。

ささえたまま、左手をうしろにまわして、障子をあけ、あけたその手を、すっと下げてお悠の両もものうらへまわした。

力を入れた。お悠のからだは、浮きあがった。抱きあげられたお悠が、宙のまま白いたびをそろえて廊下で一回転すると、暗い部屋のなかにはいった。

少将は、再びうしろ手で障子をしめた。しめおわると、部屋の中にお悠の着物にたきしめた香のにおいがみちた。

「重たい？」

「…………」

こんどは、少将が返事をしなかった。

「なにかいうて。――」

勝ち気なくせに、お悠は人一倍臆病にできているのかもしれない。少将の腕のなかにすべての重みを託しながら、からだが小刻みにふるえていた。

「なにかいうて」

憶病というより、このねばついた沈黙のむこうにあるなにかへの期待と不安の重さに、自分がたえられなくなっているのだろう。

「な。――なにかいうて」

「べつに、こわくはない」

少将はやさしくささやいた。

「おまえを抱いているのは、わたしなのだから」

「うん」

お悠は、闇のなかで、童女のようにこっくりした。ふるえがとまった。なんとなく、安堵したせいだろう。

小さな声で、いった。

「帯を、解く」

「行燈をつけてやろうか」

「いやや」

お悠は少将に抱かれながら、ほそぼそとからだをうごかして帯を解きはじめた。

帯が、落ちた。

お悠の手がほそく動くたびに、着付けのひものひと筋ずつが落ちた。

そのたびに、闇のなかで、少将の口もとに漂うお悠のにおいがかわった。やがて、お悠の、そのものがもつ甘い膚のにおいが闇を流れはじめた。

4

百済ノ門兵衛は、そのころ青不動のまくらもとで、しちむずかしい面相をしながら腕を組んでいた。

「門兵衛どの、何をお考えかな?」

青不動は、まくらの上であごを上げて、門兵衛をうわ目でみた。

「うむ」

門兵衛は、思案にふけっている。

「あすの鈴鹿越えのことでござろうか」

青不動も、さきほどからそのことを考えていたらしい。

「なに、鈴鹿越え?」

「いかにも」

青不動は、子細らしく目をつぶった。鈴鹿峠の地形を考え、雅客が襲ってきそうな手をあれこれと案じていたのだ。

「あほな」

門兵衛は、分厚いあごをゆるめてせせら笑った。

「峠がいかに深かろうと、考えてもみい。天下の公道じゃ。旅人の行き来もしげい。しかも、白昼に、なんぼ雅客であろうとなにができるかい」

「門兵衛どのは、甲賀者のおそろしさをごぞんじないのじゃ」

「軒猿」

「名を呼んでくだされ」

「青不動」

「せめて、どのを付けてくださらぬか」

「おこなことをいうな。暗闇で人の心の裏をかく術をやめて、人並みな挙措ができるようになれば付けてやろう」

「ご用は何じゃ」

「用ではあらへん。おどおどと甲賀者をおそろしがっているからこそ、逆にそのおそれにつけいられてしまうンじゃ。おまえは、なまじい、妙な術を心得ているさかい、おのれの術を通してしか、相手の出方を考えられぬ。いわば、すでに相手の術中におちいっているンじゃ。わいのように、白いひかりのふる下で、ゆったりとものを考えている男には、容易には術をかけられぬ」

「よういわれた。ならば、門兵衛どのにどれほどの考えがある」

「そんなものはないわい」

「ほう、するとさきほどから、わしのまくらもとでなんの思案があって腕組みなされておる」

「お悠のことやがな」

「お悠どのの？」

「おうよ」

「お悠どのが、いかがなされた」

「いま、右近衛少将則近はんのご寝所に忍うで行っとる」

「はえ？」

青不動は、拍子ぬけした顔つきで、門兵衛の顔をまじまじと見つめた。

「忍うでから、だいぶ時がたった。さては首尾ようったやら、それとも、首尾あしゅうなったやら、とつこうつ、案じているところじゃ」

「門兵衛どの」

「なんじゃい」

「こなたは、それでも侍でござるか」

「侍？　侍というなら侍やろ。これでも、渡辺ノ綱の流れをくむ摂津郷士やさかいな」

「その侍が、なんでくどくどと他人のいろごとの思案などなさる」

「軒猿」

「名をおよびなされ」

「青不動。わいが侍装束をしとるのは、浮き世ぐらしのほんの仮約束ごとじゃ。こんな侍装束に義理だてして、なんで、なま身のわいまで鋳型どおりの侍思案をせんならん。わいは自分の二本足で立ち、自分の銭でめしを食うとる百済ノ門兵衛じゃ。だれに遠慮することがあるかい。——まして、やな」

「まして？」

「男女のいろごとは人間の大事じゃ。お悠の大事について、この門兵衛が頭を痛めるのに、どこのだれに遠慮することがあろうかい」

「しょせんは、おてまえは贅六《ぜえろく》じゃな」

青不動は、けいべつしたようにはきすてた。

「贅六のどこがわるい」

「侍の風上にもおけぬ」

「人間に風上と風下があるかい」

「ふん」

いってもむだだ、という表情をして、口べたな青不動はだまった。

ところが門兵衛は、

（そうや！）

と思いだしたように、腕組みを解いた。

「軒猿」

「名をよびなされ、というのに」

「わいのいいつけを聞け」

「なんの用かは知らぬが、贅六のいいつけなどはきかれぬ」

「きけぬ気か、こいつ」

門兵衛は、ほどいた両腕を、そのまま前に出して、いきなり青不動のくびを締めた。

「あ、あっ」

青不動は、もがいた。

「きけぬかよ、軒猿」

「き、き」

青不動はもがきながら、

「きく。なんじゃ、用は」

「まくらをもって行け」

「えっ、まくらを？」

「おうさ。禁裡はんの部屋にな。どうやら、こうも時がたっているところをみると、お悠はしあわせになったようじゃ。ところが、この宵は禁裡はんのふしどで添い寝するとしても、よう考えてみたら、まくらがないわい。そこは、おまえは軒猿じゃ。そっと気づかれぬようにまくらひとつを差し入れてこい」

「そ、それだけはかんべんしてほしい」

「なぜじゃ」

「この青不動は、いくら忍びでも武士じゃ。武士がまくらを持って忍べようか」

「人間の大事や」

「ちッ、贅六《ぜえろく》」

「なに」

門兵衛は、もう一度青不動のくびを締めた。青不動はもがいて、畳を打った。やむなく承諾したつもりだろう。

5

雨が、はげしくなりはじめていた。

お悠は、床のなかで、少将の右腕を必死につかみながら身を堅くした。

暗い。

お悠は、この闇のなかの沈黙にたえられなくなっていた。少将がだまってしまえば、それなりで少将は消えた。

少将が消えて、かわりに、闇の中のお悠の意識の前に、巨大な男性があらわれるのだ。おそろしかった。お悠の中の女は、おされ、おそれた。お悠はそのたびにかぼそく、

「……なにか、いうて」

といった。

「何かね」

たしかに、その声は少将だった。少将は、そっとお悠の小さな耳たぶにくちびるをふれながら、やさしくささやいてくれた。お悠は、安堵した。

しかし、闇が沈黙する。すると、すぐ闇のなかに巨大な男性がひろがりはじめるのである。

やがて、その男性は、おびえながら激しく息づいているお悠を力のかぎりに抱いた。

「あっ」

お悠は、消えた。かわって、床のうえに、女だけが残った。闇が、なまなましく粘度を帯びて動いた。

——門兵衛に脅迫された青不動は、階段をさらさらと降りて、階下の台所の前に立っ

た。

台所には、人がいない。積みかさねた膳部《ぜんぶ》の触れあう音がした。ネズミだろう。

青不動はふと思いたったように台所にはいり、くみおきのおけから水をすくった。口にふくんで、吐きだした。

理由のひとつは、口臭を消すためであった。ひとつには、この男にすれば少将の寝所に忍び入ることはおそれがありすぎたのだ。身を清めたつもりだったろうか。

部屋を出るときに、門兵衛がいった。

「目をあけるな」

「目を?」

「つぶってはいれ」

いわれなくとも、青不動は目をあけて少将とお悠がいる寝所にはいることはできなかったにちがいない。

暗い廊下を、音もなく歩いた。

青不動の体重は十二貫ある。まず、足の視指のつま先で廊下を踏む。つま先がふれると同時に指の腹がしずかに板に密着し、やがて足の半ばが板をなめる。そのつど、腰をおとすのである。この忍び足で歩けば、青不動の十二貫の体重は半ばに減って、ネコが歩くほどの音もたたない。

歩くほどに、青不動のからだのなかに、いつも闇に身を忍ぶときにもつ、毛穴のあわだつようなよろこびがよみがえってきた。

植え込みをうつ雨あしがしげくなっている。

風が出はじめていた。

青不動は、歩いた。

やがて少将の寝所の前にくると、青不動は廊下に左ひざをまげたまま伏せた。

風の呼吸をはかっている。

気息をしずめ、風の呼吸を意識のなかに満たそうとした。やがて、青不動は風そのものになりえたとき、左手がのびて、わずかに障子にふれた。

同時に、右手で水差しをとりだし、障子のさんに水をそそいだ。

風が吹く。

左手でふれた障子を、かたかたとゆすった。風の動きに擬して障子を揺すりながら、青不動は、ながい時間をかけ、一分ずつ障子をあけていった。さんにじゅうぶん水がしみこんでいるから、障子はきしみ音をたてない。

一尺、開いた。

青不動は、用意のつりざおのようなものをとりだし、糸で箱まくらをつって、そっと部屋の中にさし入れた。

まくらが、闇の中の宙を泳ぐ。

浮いた。

沈んだ。

ふわふわと泳いでいく。

青不動は門兵衛にいわれたとおり、じっと目をつぶって、部屋の中の気息のみをうかがっている。

お悠のはげしい息がきこえた。

聞くうちに、青不動のまぶたの裏に、息とともにうごくお悠の白い肢体がみえた。青不動の血があつくなった。かれは、くちびるをつよくかんで、おのれをしかりつけた。

(御所様におそれ多い。……)

それよりも、まくらなのだ。

部屋の中のふたつの気息のあいだを縫いながら、まくらは、あるいは舞い、あるいは宙に静止し、やがて、お悠の髪がくずれている畳のうえに気配もなく降りた。

お悠は気づかない。

この地上には、お悠はいなかった。女だけが、そこにいた。

しかし、少将だけは気づいていた。

障子のすきまから、わずかに風がきて、部屋の中の空気をわずかに動かしていた。

少将は凝視した。

まくらが、部屋の中の天を浮遊してくる。

やがて、それが降りた。降りたとき、少将則近は、くすりと笑った。

（わたしの介添え人は、奇妙なことに気のつくやつらだ。……）

このころ、二階の部屋では、百済ノ門兵衛は、そんなことはすっかり忘れたような太平楽な顔で、のびやかな寝息をたてていた。

ゆすり公家

1

やはり、門兵衛のいうとおりだった。鈴鹿峠ではなんの奇異もおこらなかったのだ。

「そういうもんや」

門兵衛は、坂ノ下の宿を見おろす朝のひかりのみちた峠をくだりながら、名張ノ青不動をかえりみて、小鼻をゆったりとひろげた。

「ゆらい、軒猿というものは人の虚をつく。だれがみても出そうな、ちゅう通り相場の場所に出るほどあほな軒猿はいまいでなあ」

「ふん。おごられまいぞ、門兵衛どの」

青不動は、伊賀者の自負を傷つけられたような表情で、吐きすてるようにいった。

「その証拠に、おまえ様はお気づきなさらなんだか。峠をのぼるときにひとり、くだるときにふたり、いずれも町人ふうの旅の者に出会うたが、これは疑いもなく甲賀者じゃ。われわれを見張っているに相違ない」

「なるほど、この百済ノ門兵衛の顔をみては、手も足も出なんだのやろな」

「これはたいそうな鼻息でござるわい」

青不動は、手がつけられないという顔をした。もともと甲賀の竜法師ノ里では、青不動は門兵衛に救われている。当分は、門兵衛にいばらせておくしか手がないと、青不動は観念しているのだろう。

坂ノ下

関

亀山

と、伊勢の宿駅をすぎて、泉川の橋にさしかかったとき、むこうを参勤交代の大名行列の行くのが見えた。

門兵衛は、鈴鹿の茶屋で買った名物のあめをしゃぶりながら、べっとつばをはいた。この男には妙なくせがあって、大名の定紋や行列をみると腹がたってくるらしい。よほど権威というものがきらいなのだろう。

「大名もその家来も、ありもせぬ先のいくさを担保に入れて、遊んで禄を食ろうとる詐欺師やでな。おそらく自分でもてれくさいのやろ。てれくさいさかい、おかしな格式をつけて、汗水ながして働いとる百姓や商人にいばりかえりよるのや」

それが、門兵衛の持論だった。

「門兵衛どの」

青不動が見かねて、注意した。

「口からあめをすてなされ。よだれが流れてござるわ」

お悠は、かごに乗っている。かごわきを少将則近が、忍びがさを傾けて歩いていた。

かごの足が、急ににぶりはじめた。どうせ行列を追いこすわけにはいかないのだ。むろん、少将一行だけではなく、江戸へくだる旅人の足は、いっせいに前方の行列の歩度にあわせてにぶっている。

「ほんまにしようのないやつらや」

門兵衛はあめのまじったつばを吐きちらしながらこぼしていたが、庄野の宿場がみえるあたりまできて、急に前方の行列の様子がおかしくなった。

「どうした」

青不動に問うと、

「どうやら、庄野泊まりらしゅうござるな」

「見てこい」

「あるじのような口をきかれるな」

「あほ」

門兵衛の口癖がでた。

「まだ日が高いというのに、この時刻に庄野泊まりとは妙と思わんか」

そのとおりだった。この時刻なら、このさきの石薬師の宿場をへて四日市まではじゅうぶん足がのばせるだろう。ましてちかごろは、街道の雲助たちのあいだで、

人のわるいは、鍋島・薩摩
暮れ六つ泊まりの七つ立ち

などといった歌のはやっている時節だ。鍋島や薩摩藩だけでなく、どこの藩でも財難から参勤交代の費用を極度にきりつめている。大和郡山の柳沢家などは宿々や休場茶屋などの休泊所に対する茶代を二百文にきめたというので、

お国は大和の郡山
お高は十と五万石

茶代がたった二百文

という雲助歌に織りこまれてしまった。

そんな時節だから、門兵衛が行列の早泊まりをいぶかしんだのは、むりはなかったものである。

青不動がもどってきた。

「定紋をみると、九鬼家らしゅうござる」

「どっちゃの九鬼や」

南北朝時代以降、熊野水軍として勇名をはせた九鬼家には両統があった。摂津三田三万六千石の九鬼家と、丹後綾部二万石の九鬼家がそれだ。

「三田九鬼らしゅうござるな」

「早泊まりのわけは?」

「公家除けでござるよ」

「ほう」

門兵衛は、これはおもしろくなったという顔つきで、目をかがやかした。

「四日市のあたりから参議東五条忠道卿の行列がのぼってまいるそうでござるわい」

ふたりの話をきくともなしに聞いていた少将則近が、

「東五条――？」

とつぶやき、

（いやなやつだな）

ぬめりとした水あめのような皮膚に、指で押しこんだような奥目の光る東五条忠道の顔をおもいうかべた。

（どうせ、東国のいずれかの神社に奉幣の勅使で下向した帰路だろう）

少将則近は、自分が公家のくせに公家仲間を好かなかった。陰湿で小心で欲が深く、権高なくせに自分の利になることがあれば、飢えた犬のようになりふりかまわずにとびつく。むろんそういう公家ばかりでもなかったが、東五条忠道は、その方面の代表のような男だった。

青不動がいった「公家除け」とは、参勤交代をする大名の道中語のひとつだ。どの大名でも道中でそういう公家にかかわりあいたくないから、できるだけ出会わないようにする。出会っては、ろくなことがなかったのだ。行列のおちどを見つけて柳営や京都の所司代で陰口をたたかれる程度ならまだしも、その場でねちねちとからまれて、いくらかの金を巻きあげられることさえしばしばあった。

だいいち、公家の行列とすれちがったとき、相手は石高こそ百石か二百石でも、位階だけは高いために、大名の輿は道の端に片寄せねばならず、家臣はかぶり物をとって下座しなければならない。

いずれにしてもごうッ腹な話だから、九鬼家も予定をかえて、日が高いのに急に庄野泊まりということになったのだろう。

「相手は東五条かい」

百済ノ門兵衛は、青不動の肩をたたいて笑った。

「悪い相手や。九鬼長門守もかわいそうに、へたをやればだいぶゆすられるぞ」

世間ひろい門兵衛のことだから、東五条の悪名はかねて聞いているらしく、

「おい、青不動。もういっぺん探索に走ってこい」

うきうきしながら、命じた。

2

「えらいことじゃ」

　青不動が、目の色を変えてもどってきた。

「うろたえるな」

　門兵衛がしったたした。

「どうやら、東五条様のほうも、急にお模様がかわって、庄野泊まりになるらしゅうござるぞ」

「そうやろ、そうやろ。悪公家が道中で大名を見つけるのは、狩り場で猟師がシカをみつけたようなもんや。素通りで済ますはずがない。――なあ、そうだッしゃろ、禁裡はん」

「ふふ」

　少将則近にしては、めずらしくあいまいなえがおを作った。同じ公家仲間のことなのだ。門兵衛のような禄も位階もない大坂侍といっしょになってあざける気持ちにはなれなかったのかもしれない。

「ところで、禁裡はん。わいらも、九鬼長門守のまねをして庄野に泊まることにしたらどうだす?」

「うむ？」

少将は門兵衛のいたずらっぽい目をちらりとみて、

「道中のことは門兵衛に任せておこう」

「おおけに」

門兵衛にはべつに他意はない。悪公家の商い場を、後学のために見ておきたかっただけのことだ。

いよいよ一行は、庄野の宿にはいった。

宿場は、時ならぬ大名の宿泊でごったがえしている。

庄野の宿は、街道の宿場のなかでも最小の部落にはいるだろう。本陣は沢田兵左衛門家が一軒あるきりで、供侍などを収容する脇本陣もない。しかし、三万石程度の小大名の行列だから、徒士以下の一部を旅籠の石見屋嘉兵衛方に分宿させただけで、まず、その点はとどこおりがなかった。

人数はほぼ本陣に収容されたが、荷駄の一部はまだ路上に置かれて、宿場人夫がむらがってそれらをなかへ運び入れている。大名の道中というのは、ふろおけから供の者の食器にいたるまで、おびただしい調度什器を持参しているのだから、いざ泊まりとなれば、それらの整理だけでも時間がかかるわけだ。

本陣の門わきに、「九鬼長門守宿」と、関札がかかげられた。

「うふふ」

往来で立って、関札を見ながら、門兵衛は目をほそめた。むこうから、東五条忠道の行列がやってくるのである。

「もめるぞ、もめるぞ」

3

「ほう」

門兵衛は街道わきに仁王立ちに立ちながら感心した。

東五条の行列は供回りこそ数人だが、荷物が多く、五十人ぐらいの宿場人夫が、行列も組まずそれぞれぶざまなかつぎ方をして繰りこんでくるのだ。

「まるでどろぼうの行列やな」

「しッ、お声が高い」

青不動は心配そうに、門兵衛をみた。

「かまうかい。青不動、あの荷物になにがはいってるか、わかるか」

「存ぜぬ」

「軒猿のくせに、いっこうに眼のにぶい男じゃ。――あれはな」

門兵衛は急に大坂の商い侍らしいこうかつな目つきになって、

「東国の物産よ。干し魚もあろうし、絹もあろうかい。どうせ、鹿島あたりの例幣使に下向しくさったついでに、安う買いたたいて、荷駄に詰めくさったものじゃ」

「おそれ多うござるぞ。まさか、御所衆が」

青不動は、小心なのだ。青くなって、門兵衛のそでをしきりと引いた。

「ふふ、なあ、青不動よ。おまえは軒猿のわりにしては、人がええ。きっといなかもののせいやろ。よう覚えておけ、あれが公家の商法というもんや。行きがけはな、つまり京からくだるときにはな、京の物産をビッシリと詰めて道中しよるのや。それを下向先で売りさばく」

「へええ」

青不動は、門兵衛の顔をみながら、ぶかっこうな口をあけた。口をあけるとこの四十まえの男は、少年のような顔になった。

「なあ、青不動よ、まだあるわい。運賃を考えてみい、運賃を。公家で、腐っても勅使やさかい、宿場宿場が差しだす伝馬や人夫は、わいらのような者が雇うのとはちごうて、大名や幕府役人なみに半値じゃ。運賃からして、もうけとる。まるで、どろぼう商いやと思わんか」

「……しかし」

「しかしもへったくれもあるかよ」

門兵衛のほおに血がさしのぼった。この男にはこの男なりの正義感があるのだ。

「あの人夫どもを見い。みんな、よろよろとよろけとるやろ」

門兵衛は、とうとう行列を指さしてしまった。

「人足ひとりあたま、荷物は五貫め持ちと、むかしから決まったもんや。幕府の道中奉行のふれがちゃんと出とる。ところが、あいつらはみんな十貫めは持たされとる。かわいそうに、なんぼ二本足で立っとるけだものみたいなやつらやいうて、あれではたまらんわい」

「門兵衛どの、行列が近づき申したぞ。とがめられては事がめんどうじゃ。はよう、旅籠へはいり申そうかい」

「これ、そう、ひつこう、そでを引くな」

青不動に引きずられるようにして、道を横切って石見屋にはいろうとすると、すでに街道わきには、道中の者や旅籠の使用人、近在の百姓などが出てきて、土下座しはじめていた。

「なあ、青不動よ」

「まだ苦情がござるのか」

青不動は、うんざりした顔をした。

「あの下座をしている連中の顔をみい。大名行列を拝むのとはちょっと違うた顔や」

「あまり、不足そうな顔ではござらぬな。門兵衛どのが申されることがまことなら、もっと憎ていな面相であろうに」

「なんの、なんの」

門兵衛は、旅籠の土間へ足をふみ入れながら、いった。

「大名行列のときは、無礼をとがめられて斬りすてられるのがこわいさかい拝む」

「御所衆のときは？」

「神仏の眷族やと思うておがむ」

「なるほどのう」

「その証拠に、公家衆のからだを洗うた湯の残りを、近在の百姓どもはもらいにきて、腹痛の薬にしとるわい」

「なるほどのう」

「ど憎たらしいのは、そういう愚民の心情につけいって、宿場役人をゆすったりおどしたりしてどろぼう道中をつづける公家根性や」

「しッ」

「なんじゃい」

「御所様にきこえる」

「ああ、うちの禁裡はんか」

門兵衛は心安だてにいい、

「あら、別ッちゃ。あら、別ッちゃ。あら、まったく、まあ、別ッちゃなあ。別すぎて、頼ンないぐらいや。ちィと、アクがあれァ、軍師たるわいも、もっとおもろいねんけどなあ」

大きな声で、歌うような上方弁で門兵衛はいい、ふところから、もう一切れ、食べのこしのあめをとりだした。

当の少将は、忍びがさをかぶったまま、行列がはいってくる路上で、退屈げに突ッ立っている。

4

参議東五条忠道は、乗り物の引き戸をそっとあけて、路上をみた。妙に、前のほうがさわがしくなったからだ。

忠道の供の者に、浪人ふうの男がとがめられている。

「かぶりものを取らっしゃい」

「ああ」

なま返事をしただけで、忍びがさに手を触れようともしない。少将則近だ。

「取らんか」

「おまえはだれかね」

少将は、かさの中から相手をじっとみた。侍ことばをまねてはいるが、二本差しの風儀が板につかない。どうせ京の商家の手代あたりを、にわか侍に仕立てているのだろう。

公家が道中をするときくと、京の商人は目の色をかえて賄賂をもってくる。公家道中の特権を利用して、たくみに商品をうごかそうとするためだ。むろん、公家に対しては、売り買いの何割かの礼をする。公家にとっても京商人にとっても、こたえられないのが勅使道中というものだった。

自然、供まわりに、にわか諸大夫や、にわか公家侍がふえるわけで、ひどい道中になると、供のぜんぶが、そういう、いかがわしい侍にとりまかれていたこともある。

「おい、宿場役人はおらんか」

ごうを煮やしたのだろう。相手はのびあがって、そのあたりを物色した。宿場役人に渡してしまおうと思ったのだ。

ところが、当の宿場役人は、本陣の前で東五条参議の別の供にとりまかれて、平身低頭していた。

「いえ、それは。なんともおそれ入ります。しかし、そのう、東五条様のほうは、あらかじめ宿割りをお命じにならなかった模様で」

大名や、門跡公家などが道中をする場合、当然の処置として、家来が先行して本陣の予約をとっておくのが普通だ。

しかし、まだ日が高いのに、わざわざ庄野泊まりをきめこんだ東五条の行列は、むろん別のこんたんがあってのことだから、

「すると、長門守どののほうは、すでに宿割りを先ぶれてあったのか」

わかりきったことを聞く。東五条側にすればこの宿場割りこみは、本陣、宿場、あわよくば九鬼長門守から、なにがしかの示談金を出させるのが目的なのである。

そこは、本陣の手代も宿場役人も心得たものだから、

「へい。まことに路上では混雑いたしまするゆえ、そのことは、あとでごゆるりと」

「なるほど。ゆるりとな」

「それまで、とりあえず、あれなる旅籠石見屋にてご休息ねがえませぬか」

「まさか、そのまま旅籠にわれわれを泊まらせてしまう魂胆ではあるまいな」

「いえ。それはもう」

「念を押すようやが」

つい、あきんどことばの地金がでる。

「参議右近衛中将様が旅籠にとまり、たかが四位の長門守が本陣で泊まるということにはなるまいな。もしそのようなことになれば、この庄野の宿の本陣の亭主も役人も、もものの高下のわからぬ者として、いかいおちどになりますぞ」

「へい、へい」

役人は恐縮しながら、頭をさげた。

「とにかく、あとでごゆるりと」

「ああ、そうしよう」

おうようにうなずくのだが、慣れぬとみえてどこか形にそぐわない。

行列がみだれはじめた。人夫が、旅籠石見屋の土間へ荷物をはこびはじめたからだ。

同時に、土下座をしている人たちの列もくずれて、いっせいに忠道の乗り物のまわりをかこみはじめた。京の公家というものを、目の先で拝もうというのだろう。

乗り物がおろされ、ぞうりが並べられた。忠道が、ゆうぜんと出てきた。土下座する人がきのなかから、念仏の声さえもれた。

少将は、人がきのうしろでそれをみていたが、東五条忠道がこちらを見た拍子に、少将も不意に忍びがさに手をかけた。ゆっくりと、それをあげた。

東五条参議の顔が、

(おや?)

と、けげんそうにしわを寄せた。すぐ、まさかと思ったのか、もとの表情にもどって
かみしもをつけた旅籠の亭主に先導されながら、石見屋の軒先にはいって行った。

「おい、かぶり物を取らんか」

少将をつかまえている供侍が、まだしつこくからんでいる。少将は、うんざりして、

「もう、東五条参議はお宿へおはいりになったようだ。いまさら、かさをとってもどう
にもなるまい」

「愚弄するか」

男の右のそで口から、ちらりといれずみの紋様がみえた。素姓はどうせ京のやくざ者
なのだろう。少将はくすくす笑って、

「刺青をしているね。ちかごろは、公家侍のあいだにそういう物がはやっているのか
な」

「いや」

「隠さなくてもいいだろう。もっと見せてくれ」

「なに」

刀を抜きかけたところへ百済ノ門兵衛が割りこんできた。

「なんだ、そのほうは」

「ふふ、名乗るほどの者やない。……どうせこれがほしねやろ」

いきなり、男のふところへ手を入れた。

「な、なにをする」

ふところをおさえた。門兵衛は手をぬきながら、

「あとで、そのへんでせっちんを借りるがええ」

「え?」

「ぜにを入れておいてやったさかい、ゆっくり数えるがええ」

5

東五条参議は、旅籠の離屋に請じ入れられてから、くびをかしげて、急にうそ寒い顔

になった。

（まさか。……）

とおもう。

（あれが、高野少将やとしたら、いやな男に会うたことになるなあ。あの男も、この宿でなにかするのやろか……？）

参議東五条中将の心配は、自分の非行を高野少将則近にあばかれるということでは、むろんなかった。

朝臣である公家の身分は、幕臣である大名や旗本などよりも、はるかに安定している。武家の場合は、わずかな非違や、相続上の手違いで改易されることがあるが、五摂家以下公家百七十八家は、非違があっても京都所司代から横やりがはいる程度で、身分や家禄にまでひびくことがなかった。自然、公家には生まれつき世間へのおそれというものが薄い。

東五条忠道の気がかりなのは、少将則近もこのおなじ宿で、おなじ店をひらくのではないかということだ。この狭い宿場で、公家がふたりもひしめいては、効能もありがたみもうすれるというものである。

「ああ、たれかある。つまようじを」

忠道は、手をたたいて用をいいつけた。道中のつれづれのままに、乗り物のなかでこっそり食っていた干し魚の小骨が、歯のあいだにはさまってとれないのだ。

「ああ、ごくろさん」

旅籠の者が、三方にのせて持ってきたようじを、忠道はいそいでとりあげ、くろぐろと鉄漿をつけた口をひらいて、歯をせせりはじめた。

薄化粧をした顔のところどころに、あぶらが浮いている。かすかにあばたがあった。そのあばたが、歯をせせるたびにのびやかにうごいた。あばたにしわが寄った。笑ったのだ。

「おまえは、この宿の娘かね」

つまようじを持ってきたまま、まだ部屋を去らずにいる着かざった娘に、参議がたずねた。

「は、はい」

娘は、手をついたまま頭をあげない。

「顔をみせてごらん」

娘はおずおずと顔をあげかけたが、うわ目でちらりと参議の顔をみたまま、いそいで手のこうへ額をもどした。貴人に見られることをおそれたのだろう。

参議は立ち上がった。そのまま娘のそばへ寄ると、片ひざを折って娘の背へ手をあてた。背がふるえた。参議は笑って、

「今夜の伽は、おまえがくるのか」

「え?」

娘は、顔をあげた。

その顔が、くずれた。くっくっと笑いはじめたのだ。参議はおどろいた。

「どうしたのや?」

「ふふ。あほらし」

娘は、この旅籠にさきに着いていたお悠だった。

お悠と門兵衛

1

「ほほほ。……いたい」

お悠は胸をくぼむほどおさえて、からだを折りまげた。

（おなかが、いたい。……）

まっかになった。発作をとめようとしたが、つぎつぎこみあげてくるえずきの苦痛からのがれるには、もはやからだの形をくずす以外に手がないと思った。お悠は、畳のうえに左手をついた。同時に、両足をそろえて横に投げだし、

「ごめんやす」

と、参議忠道にことわった。

参議忠道は、ぼう然として、このうつくしい闖入者をながめていたが、やがてお悠の顔をのぞきこんで、

(狂人かな……)

とおもった。このうつくしさで、どういう因果のせいだろう、と倒れている娘の形のいいくちびるをながめながら、ついに持ちまえのすき心をおさえかねたのか、

「娘」

と、いざり寄った。やがて、お悠のくびれた腰のあたりをそっと指で触れ、

「娘」

もう一度呼んだ。

お悠は、びくりと身をふるわせた。畳のうえで顔をおこし、その姿勢のままそっと参議忠道の顔をみた。忠道のあばたの皮膚のなかで、小さく目がおちくぼんでいた。男がいちばんまのぬけた顔をするのは、こんな瞬間かもしれない。くぼみのなかから、忠道の目が、意味もなく笑った。

笑ってしわばんだ鼻の下に、薄いまばらなひげがあった。

(ああ、この人はひげまであったのか)

あたらしい発見だった。それを発見すると、また笑いがこみあげてきて、とうとう額を手のこうのうえにつけてしまった。

(あて、どうかしてるのかしらん)

心配になってきた。

(いったい、なんのためにあてはこんな部屋にきたのやろか)

もっとも、だれかがそんなことを聞いたところで、当のお悠自身には答えられもしなかったろう。

「ちょっと、おもしろそうやったもん」

ただそれだけのことだ。それだけのことで、お悠はすぐ行動のできる娘なのだ。

「――それに、お公家はんて、ちょっとめずらしかったしな」

それもあるだろう。

もともと、お悠が、最初、道修町の小西屋に養子にきた少将則近に好奇心をもったのも、それが理由だった。平素、町人しか見つけていない大坂娘にとって、雲の上の人といわれる京の公家に対しては、からだの奥がふるえるほどの好奇心の対象だったのだ。

もっとも、これはお悠だけの罪ではない。門兵衛にいわせると、

「なにしろ、お公家は神仏の眷族やさかいな」

という理くつになる。

なるほど、さむらいは武器をもっているからこそ庶民はおそれる。それに、百姓や町人が、侍に取りたてられようとすれば、非常な困難がともなうとはいえ、なれぬというわけのものではない。

公家だけは、ちがう。

門兵衛の解説をかりると、

「そこらへんの神社に祭ったぁる神さんのじかの子孫でないとなれん」

つまり、庶民は公家を神さまの眷族だと思っているし、この国の人間の宗家の血統だと信じこんでいた。そういう血すじが、衣冠をつけ、位階で飾って、千年の歴史をへてきた。足利も織田も、豊臣も、徳川も、この血すじの飾りものにだけは手を触れようとしなかった。触れれば、飾り物自身がおこるよりも、庶民がおこるのだ。

「あほうな話や」

門兵衛自身だけは、そんな公家信者の仲間にははいっていないつもりなのである。

「だれでもおなごの腹のなかからうまれるンじゃ。特別な人間がおるものかい」

ただし、この大坂侍でも高野少将則近に対しては別扱いらしく、

「あれは、わいがほれたンや。わいがほれたということで、わいにとっては特別な人間

や」

そんな、ちょっとつじつまのあわない理くつをつけている。

「もっとも、わいは禁裡はんにかせがせてもろたさかいな」

それが、門兵衛の落ちだ。百済ノ門兵衛は、大坂の庶民がもつ公家信仰を利用して、少将則近を売薬商小西屋総右衛門の養子に売りこむ橋わたしをしたり、仙女円の宣伝に使ったり、さんざんもうけてはいる。いまでも少将の東くだりにくっついて、いろいろと忠勤をはげんでいるのは、のちのちの自分の商法に、ふたたび少将を利用する布石かもしれない。

――しかしお悠はべつだ。

お悠は、じゅうぶんに庶民のかわいらしさと愚かさをもった娘なのである。

参議忠道の行列がこの宿場にはいってくるのを、旅籠石見屋嘉兵衛方の二階の障子のすきまからのぞいていて、

(どんなおかたかしらん)

と、胸をときめかしてしまったのだ。お悠にとっては、好奇心だけが、行動のすべての理由だから、

（あて、お茶、持って行こ）

簡単に、そうきめたのである。

決心すると、すぐ部屋のなかで衣紋をつくろい、お化粧をなおしたうえで、女中をよんで茶を取りよせた。そのまま、その茶をもって、するすると廊下をすべってきただけにすぎないのである。それが、参議忠道の部屋にはいって、部屋の中にすわっているあるじを見たとたん、

（ほんとう？）

と、自分に尋ねてみたくなった。

（これが、お公家はんかしらん）

目をみはったのである。お公家はんといえばもっと優美な男性を想像していた。お悠にすれば、大好きな少将則近でさえ容貌がちょっといばりすぎているように思える。おさないころからの想像では、公家といえば大和絵のなかの在五少将業平のような男性でなければならなかった。

参議忠道をみて、お悠は、

（ほんまに、どじょうに、おしろいぬったみたいなおかたや）

とおもった。

(あんまりやわ)

容貌ではない。現実と想像がかけはなれすぎていることが、お悠の笑いを触発したのだ。いったん笑いだしてしまえば、あとは発作だけで笑った。とめどがなくなった。

「あのう……」

やがて、お悠は起きあがり、

「かんにんしとくれやす」

涙をふきながら、参議忠道をみあげた。

忠道はまたたきを忘れて目を見ひらいていたが、やがて下くちびるをたれた。相手が急に折り目のある辞儀にもどったのをみて、もののけにばかされたような気がした。首すじが赤くなった。怒りがこみあげてきたのだろう。

「お、おんな。……」

忠道はうめいた。

お悠は、相手がおこると急におびえたような表情になって、

「かんにんしとくれやすや」

すばやくあとじさりした。うしろ手で障子をひらくと、ころぶように廊下へ出た。

2

「あ、あほうめが」

さすがの門兵衛もあきれて、お悠をにらみすえた。

「参議右近衛中将を、おちょくりに行ったのか」

「うん」

お悠は小さくなっている。

「ほんまに、しようのない蓮葉娘や」

吐きすてるようにいいながら、門兵衛の口調のどこかに、肉親のおじのような暖かみがあった。

「もういい。門兵衛」

横あいから、苦笑しながらいう少将へ、

「あかん。癖になる。この娘のじままはようこらしめとかんと、このさき、どんな大事をひきおこすかわからん」

いいおわると、すらりと佩刀をぬいた。門兵衛はこの男らしくむぞうさにふだんの差し料にしているが、銘は、古刀のなかでの君子といわれている三条小鍛治宗近なのだ。

「お悠」

門兵衛は、背をのばしていった。

「えっ」

お悠は、門兵衛の手もとから青くほとばしっている刀面のかがやきをみて、どきりとした。

「懐紙をおくれンか」

ほっとした。お悠が懐紙をとりだして手渡すと、門兵衛は、

「ああ」

と口をあけた。お悠が懐紙をくわえさせると、門兵衛は刀面をあんどんのひかりですかして、打ち粉をはたきはじめた。

少将が、かわやに立った。

しばらく門兵衛は刀の手入れに没頭していたが、ふとお悠のほうをみて、

「なんや」

と、おどろいた。

「泣いているのか」

「うん」

お悠が、うなだれている。

「わいがしかったさかいか」

「ううん」

お悠は、かすかにくびをふった。

「どうしたのや」

「ううん」

「首を横に振るばかりではわからん。どうしたんや。悲しいのか」

「うん」

「無慈悲におこって、悪かったな」

「ううん」

「ちがう？　ほなら、わいのしかったせいやないのか」

「うん」

「安堵した」

門兵衛は刀をさやにおさめた。

「あのう。……」

「なんや」

「あて、もう、大坂へ帰りとうなった」

お悠は、うなだれて、指先でたもとの縫いめをもてあそびながらいった。

門兵衛は、この娘はまた何をいいだすのかとおもって、お悠の顔をのぞきこんだ。

「なんでや。いまさら」

「なんとのうな。備後町のお師匠はんに長唄をならいさしやし、天満の未生斎はんにもお花をならいたいし」

「けいこごとをしたいのか」

「そんなわけでもないけど」

「話の煮えきらん娘やな」

「ほんまは、なんとのう寂しゅうなってきてん」

「お悠」

門兵衛は真顔になった。

「なにか、隠してるな」

「なにも隠してない」

あわててかぶりを振った。

「吐いてしまうがええ。この百済ノ門兵衛はんにうそをついてもはじまらんぞ」

「いいえ」

お悠はかぶりをふりながら、なんとなくあいまいな表情になってきた。

「顔に書いたぁる。あるやろ」

詰問されるたびに、お悠は、自分でも何か隠しているような気持ちになってきた。

(そうや)

悲しかったのは、旅の空で頼りにしている門兵衛からしかられたせいではなく、もっと別に寂しさの原因があるはずだった。

(そうや、あった)

思いついた。

「このまえ、青不動はんにきいた話や」

思ってもいなかったことだのに、不意に口に出してしまうと、まるで、とうから、そのことのみを心に病んできたような錯覚にお悠はおそわれた。お悠の寂しさに甘美な味が加わった。鼻腔の奥に、こころよい刺激がにじみわたってきて、まぶたの裏が自然とぬれはじめた。それがあふれて、さきほどの涙とは別のあたらしい涙が、ぽろりとほおをこぼれおちた。——門兵衛はおどろいて、

「青不動に？」

「うん。禁裡はんのこと。冬子はんという内親王を知ってる？」

「知らんな」

「ほんと」

「知らんぞ」

こんどは、門兵衛のほうがかぶりをふる番だった。

(青不動め、なにを不用意なことをぬかしおったか)

門兵衛は知らない。少将則近と内親王冬子との間にあったひそかな事実については、当夜、小松谷の里御所で名張ノ青不動のみが介在していて、門兵衛は知らなかった。か

れが、少将のあとを追って大坂を出立する数日まえのできごとだったからだ。

しかし、百済ノ門兵衛という男はこういうことにはしごく鋭敏にできていたから、どうやら少将の京での情事らしいと悟って、

（禁裡はんも、なかなかやりおるな）

とは思ったが、とりあえずお悠のてまえをつくろうため、

「それがどうした」

と、しらをきったような顔つきをした。

「青不動はんがいわはったの。禁裡はんのことを思うても、あかん。あのおかたには、内親王冬子というお人がいやはる、ちゅうて」

「知らんな。冬子はんちゅうのは」

門兵衛はあごをなでながらいった。これはほんとうだった。

「まだいわはったわ」

お悠は、急にきらきらとよく光る目で門兵衛の顔をのぞきこんだ。

「なにをぬかしたかな」

「うふ。門兵衛はんの悪口」

声をひそめて、いたずらっぽく笑った。お悠には、そんな悪魔がすんでいるのかもしれない。

案の定、門兵衛はつられて、

「悪口？」

「うん。青不動はんのいうのはね、百済ノ門兵どのは、どういう魂胆かせっせとお悠どのを少将に売りこもうとなされているようじゃが、けっきょくはしくじるが落ちじゃろう、と」

「あの軒猿め。そんなことをぬかしおったかい」

吐息をふとく吐いた。お悠のおもわくどおり、門兵衛の語気はしだいに荒くなってきたのだ。それをみてお悠は、

「もっといわはったわ」

「なんと」

「お悠どのを、右近衛少将高野則近公に売りこむのは門兵衛どのの商法じゃ」

お悠は、寂しさの原因の話などはすっかりわすれて、門兵衛をからかうおもしろさに夢中になってしまっていた。

「青不動はんのいうのはな、門兵衛はんは、大坂の小西屋総右衛門にたのまれて、もういっぺん、禁裡はんを小西屋の養子にもどすためについてきとるンじゃ。それができると、あいつは高い仲立ち金をとりおる。……」

「ぬかしたのう」

門兵衛はそこに青不動がいるようにひざの上に二つの大きなこぶしを作った。

「門兵衛はん、おこらなあかん」

お悠は、けしかけた。べつに邪気はない。ただおもしろかっただけだ。

ところが、門兵衛は、急にうまいものでも口にほおばったような表情になって、

「うふふふ。……」

とわらいはじめた。

「気色のわるい」

お悠はおどろいて門兵衛をみた。門兵衛はどういう心境なのか、うずうずと笑いながらあごをなでていたが、

「軒猿め、案外、あほやないなあ」

といった。

「なんで？」

「矢ァは、金的ははずれとる。せやが、的には当たっとる」

「ほたら、あては門兵衛はんの商売道具」

お悠は心細そうな真顔になって聞いた。

「いうな、いうな」

門兵衛は、しきりにあごをなでながら、

「いうてしまえば実もふたもない。なるほどお悠はわいの商売道具かもしれんが、それだけやないわい。若うてうつくしい娘やさかいなあ。禁裡はんちゅうもんがおらんなら、わいが取って食うてしまいたいくらいや」

「いやらし」

「やせても枯れても、わいは百済ノ門兵衛じゃ。そんならちのないことはせん」

門兵衛は、戦国の武将のようないかめしい顔つきになって背をそらした。事実、門兵衛の才覚器量なら、乱世にうまれていたなら、一軍の将になっていたかもしれない。

「せやけど」

お悠は、また寂しそうな表情にもどった。

「冬子はんという内親王はんは、どんなお女やろか」

「さあな」

門兵衛は気のない返事をした。もうこの話題にあいてしまったのか、かわいた下くちびるをたんねんになめたあと、ぼそりと、

「青不動の商売道具かもしれんな」

といった。

3

それから、どれほども時間がたっていなかった。お悠は湯にはいろうとおもって階段をおりた。台所を通り、帳場の横まできたときに、数人の泊まり客が、旅籠の手代をとりかこんで、ひそひそと話していた。

「へえ、医者を?」

そんなことばが、耳にはいった。

お悠は物見高い。つりこまれてそばへ寄っていくと、客のひとりが手代に、

「医者をよぶほどの怪我なのか」

といった。

「いえ、それが」

若い手代が手をふって、

「ほんのかすり傷らしゅうございます。それじゃのに、お公家さまはぬれ縁の下で息たえだえに、医者をよべ、よべ、と申されて……」

「それで医者がきたのか」

「へい。ところが、お医者さまが打ち身をみようとなされまするると、おまえのようないなか医者ではわからぬ。京から医者をよべ、宿役人はあるか、亭主はあるか、などとわめきたてて たいそうなことじゃ」

どうやら、話の模様では、参議東五条忠道が離屋のぬれ縁から足をふみはずして庭に落ちたらしい。

「えらいことになったな」

いつのまにか門兵衛がきていて、お悠の耳もとでささやいた。お悠は顔をあげて、

「せやけど、ここのお話では、どうやらお怪我はかすり傷ほどらしいということでッ

せ」

「そら、そうやろ」

門兵衛はうなずいて、

「あの公家はおそらく無傷やな。すねの毛いっぽんも抜けておるまい。――わざところんだのやさかいな」

「わざと？」

お悠はおどろいた。

「わざとや。道中をすると、たいていの公家はあれをやる。乗り物からころげ落ちる公家もいれば、本陣の階段から落ちる公家もあり、ぬれ縁が朽ちておれば、足をすべらしたというて、あおむけざまに庭へひっくりかえる公家もいる。参議忠道卿はその手じゃな」

「痛うおますやろな」

「なにごとも」

門兵衛はむずかしい顔でゆっくり腕を組みながら、

「商売の道に楽なものはないわい」

といった。

公家のころびといって、参議忠道がぬれ縁の下でやった商法は、公家道中を迎え入れるどの宿場でも頭痛の種なのだ。

公家たちは、宿場で本陣や旅籠のおちどをみつけては必要以上に騒ぎたてて、なにがしかのわび金をそでに入れる者が多い。おちどがないと、自分で作りだすのである。

「えらいことになった」

と門兵衛がいったのは、宿役人やこの石見屋はごっそり金をとられるだろうと思ったからだ。

「まさか、京から医者はよべまい」

門兵衛は、くすくす笑った。

「これは、宿役人や旅籠だけでなく、本陣も金をとられるな」

本陣沢田兵左衛門方に参議忠道は泊まっていないのだから、一見無縁のようだが、九鬼長門守の行列を宿泊させたために忠道は旅籠石見屋に泊まらざるをえなかった。石見屋に泊まったためにぬれ縁から落ちた。怪我は本陣のせいだ、ともいえばいえるのである。

「本陣が出せば、九鬼三万六千石もだまってみているわけにはいくまい。なんぼかは、見舞い金をつつんで出すやろ。そこが、あの東五条忠道の最初からのねらいや」

九鬼といえば、いまでこそ摂津の高原地帯の三田の領主だが、もとをただせば熊野の海岸で数百年つづいた海賊の首領なのだ。海賊の子孫が、道中で公家にかすめられるのも、妙な皮肉だと門兵衛はおかしかった。

「しかし、芸のこまかい商売やな」

そういって門兵衛はお悠のほうをふりかえると、そこにお悠はいなかった。

別の女の横顔があった。

思わず門兵衛はふるえた。小造りだがそれほどの美人だったのだ。難をいえば二十を二つ三つすぎている。年増だが、まゆが落ちていないところをみると、まだとついではいないらしい。武家の女だった。それも、身につけているものからみて、大身らしい家格のぜいがにおっていた。

(何者かな?)

門兵衛がおもうよりも早く、女はちらりと門兵衛をみて、片ほおに微笑をうかべると、小腰をかがめた。

「お相宿させていただいておりまする」

ひとつ旅籠にとまっている、というだけのなんでもないあいさつなのだが、門兵衛は、

（おりゃ？）

とくびをかしげた。顔は知らない。しかしこの声はどっかで聞いたおぼえがあるのだ。

「いや、こちらこそ……」

人並みなあいさつだけ返しておいて、門兵衛は、すこし無遠慮なほどの視線で女の顔をみた。

女は、そしらぬ顔で、横顔をむけている。しかし、さすがにたまりかねたのだろう、もう一度門兵衛のほうへ顔をむけ、こぼれるような微笑をうかべて、

「なにか、あたくしの顔についております？」

といった。

「い、いや。なにもついておりまへんな」

門兵衛は、しかたなしにあいそうわらいを返してから、あっと思った。むろん、顔は

おぼえていない。しかしその声に覚えがあった。

（こ、この女。……）

門兵衛は、そっと、女のそばからあとじさりしはじめた。

〈下巻に続く〉

本作品中に差別的ともとられかねない表現が見られますが、著者がすでに故人であることと作品の文学性・芸術性に鑑み、原文のままとしました。

（春陽堂書店編集部）

春陽文庫

花《はな》咲《さ》ける上方《ぜえろく》武士道《ぶしどう》　上巻《じようかん》

2022年12月25日　新版改訂版第1刷　発行

著者　司馬遼太郎

発行者　伊藤良則
発行所　株式会社　春陽堂書店
〒一〇四―〇〇六一
東京都中央区銀座三―一〇―九
KEC銀座ビル
電話〇三（六二六四）〇八五五（代）
印刷・製本　株式会社　加藤文明社

本書のご感想は、contact@shunyodo.co.jp にお願いいたします。

定価はカバーに明記してあります。

ISBN978-4-394-90432-8 C0193